Bianca

Christina Hollis

Un reto para el conde

HARLEQUIN

Editado por HARLEQUIN IBÉRICA, S.A.
Núñez de Balboa, 56
28001 Madrid

I.S.B.N.: 978-84-687-0894-2
Depósito legal: M-29252-2012
Editor responsable: Luis Pugni
Fotomecánica: M.T. Color & Diseño, S.L. Las Rozas (Madrid)
Impresión en Black print CPI (Barcelona)
Fecha impresion para Argentina: 20.5.13
Distribuidor exclusivo para España: LOGISTA
Distribuidor para México: CODIPLYRSA
Distribuidores para Argentina: interior, BERTRAN, S.A.C. Vélez
Sársfield, 1950. Cap. Fed./ Buenos Aires y Gran Buenos Aires,
VACCARO SÁNCHEZ y Cía, S.A.

Capítulo 1

JOSIE no podía contener su nerviosismo. Fingir que aquel iba a ser simplemente un trabajo más era imposible y, saltando del asiento, golpeó el cristal que la separaba del impecablemente vestido chófer de la familia Di Sirena.

–¡Pare, por favor, pare!

El hombre pisó el freno inmediatamente, girando la cabeza para mirarla con cara de preocupación.

–¿Ocurre algo, doctora Street?

–No, no, perdone, no quería asustarlo. Es que me han dicho que el castillo de la familia Di Sirena es precioso y quiero verlo bien –respondió Josie, hundiéndose de nuevo en el asiento de cuero–. ¿Podría ir un poquito más despacio?

El hombre asintió con la cabeza.

–Es uno de los más hermosos de Italia que aún sigue en manos privadas, *signorina*. Pero, como va a quedarse aquí durante un mes, imagino que podrá visitarlo a fondo.

–No lo sé. Tengo tanto que hacer mientras estoy aquí –Josie suspiró–. Puede que no me quede mucho tiempo libre para admirarlo.

La emoción que sentía ante la posibilidad de un

descubrimiento arqueológico quedaba ligeramente
ensombrecida por la idea de presentar su trabajo
ante sus estudiantes el próximo semestre. Peso eso
podía esperar, se dijo. Antes tenía mucho que investigar.

—Estoy preparando mi primer curso y quiero traer
a algunos de mis alumnos a estudiar esta zona de Italia.

Una mirada a los campos que la rodeaban, bri-
llando bajo el sol, y Josie supo que ver el castillo de
la familia Di Sirena solo como parte de un proyecto
de investigación iba a resultar difícil porque aquel sitio tan hermoso estaba lleno de distracciones.

Pero la tinta apenas se había secado en su contrato
con la universidad, de modo que haría todo lo posible
para aprovechar la oportunidad. Había tenido que hacer interminables presentaciones y estudios para conseguir los fondos necesarios para el viaje y era una
suerte que su mejor amiga, Antonia, la hubiese invitado a pasar unas semanas en la finca, ya que el castillo de la familia Di Sirena estaba cerrado a los demás investigadores.

Sin eso, no le habrían dado fondos para viajar a
Italia y, aun así, solo le habían financiado un par de
semanas como máximo.

La arqueología era su pasión. De niña, solía volver
loca a su madre llenando la casa de embarrados tesoros que encontraba en el jardín. La señora Street había sacrificado mucho para que su hija fuera a la universidad, de modo que Josie estaba decidida a poner
siempre el trabajo por delante.

—¿Puede esperar unos minutos mientras hago unas

fotografías? –le preguntó al conductor, sacando la cámara del bolso–. Quiero llevarle pruebas a mi madre de que en verdad me alojo en un castillo italiano.

Apenas había terminado la frase cuando el conductor salió del coche para abrirle la puerta.

–Puede tomarse el tiempo que quiera, *signorina*.

–Es usted muy amable, pero no quiero hacerle perder el tiempo...

–Como le dije en el aeropuerto, no es ningún problema.

Josie hizo una mueca de horror al recordar la escena. Ella no estaba acostumbrada a ser recibida por un chófer uniformado y le había pedido que se identificase antes de darle sus maletas.

–Gracias –murmuró, avergonzada, mientras bajaba del coche.

El sol de la Toscana en pleno mes de julio era abrasador, pero tomó un par de fotos del camino flanqueado por árboles que llevaba hasta el imponente castillo antes de volver a subir a la lujosa limusina con aire acondicionado, maravilloso en un día como aquel.

–¿Qué es ese olor tan maravilloso? –le preguntó mientras arrancaba.

–Son tilos. Y están en flor –respondió el chófer, señalando los árboles–. A los insectos les encantan. El conde me dijo una vez que en la finca había varios millones de abejas.

Josie pensó que esa imagen coincidía con la imagen que tenía del conde Dario di Sirena, el hermano de su amiga Antonia.

No lo conocía personalmente, pero por lo que ella

le había contado debía de ser un tipo insoportable que salía de fiesta todas las noches y holgazaneaba por la finca durante el día mientras los demás trabajaban. Con tanto tiempo libre, era lógico que supiera tanto sobre abejas.

—Si pasea bajo estos árboles, las oirá ronronear como el motor de un Rolls Royce, doctora Street.

Ella suspiró.

—Qué curioso.

—Debería aprovechar que tiene el castillo para usted sola. Todos están dormidos y nos han dicho que los invitados no cenarán en casa esta noche. La *signora* Costa, el ama de llaves, le preparará el desayuno.

Josie dejó escapar un suspiro de alivio. El castillo era una experiencia nueva para ella, pero había pasado las vacaciones en el apartamento de Antonia en Roma y también había estado en la villa familiar de Rimini varias veces. En ambos sitios, las amistades de su mejor amiga la habían dejado abrumada. Eran gente simpática, pero Josie se sentía fuera de lugar. Solía jugar con el pequeño Fabio mientras su madre, Antonia, iba de compras, pero las cenas con sus amigos, siempre hablando de fabulosas estaciones de esquí o lugares de vacaciones que ella solo había visto en las revistas, le resultaban incómodas.

Antonia le había dicho que su hermano tenía una gran vida social y le parecía muy bien. De ese modo podría trabajar en la finca durante el día e irse a la cama antes de que él se levantase. Con un tiempo tan limitado para hacer lo que había ido a hacer, no podía perder un momento.

Pero al pensar en lo que el conde haría por las noches no pudo evitar sentir una punzada de envidia. Aunque le encantaba su trabajo, a veces se sentía como un hámster dando vueltas en una rueda. Ella tenía que trabajar sin descanso para pagar sus facturas mientras el conde había sido criado entre algodones...

Cuando conoció a Antonia en la universidad se había preguntado si las diferencias sociales entre ellas serían un problema para su amistad, pero no había sido así; al contrario, esa cuestión se había convertido en una broma. Y cuando alguna de las dos pasaba por un mal momento, la otra la apoyaba siempre.

La lealtad era importante para Josie. Había creído tener la de su exprometido, pero se había equivocado sobre él, como Antonia se había equivocado con su exnovio, Rick, que la abandonó al saber que estaba embarazada.

Josie había ayudado a su mejor amiga a superarlo, aunque en su fuero interno pensaba que estaba mejor sin él. Pero después de eso, y de su propia experiencia con Andy, había empezado a desconfiar de todos los hombres.

Y cuando su amiga decidió quedarse en casa con el niño en lugar de seguir con sus estudios fue un golpe para Josie. El trabajo no era lo mismo sin su amiga, por eso estaba deseando empezar con aquel proyecto; así tendría la oportunidad de ver a Antonia y al pequeño Fabio cuando volviesen de Rimini.

Claro que también envidiaba que su amiga pudiera elegir cuando ella no podía hacerlo...

—Ya hemos llegado.

La voz del chófer interrumpió sus pensamientos y, un poco nerviosa, Josie bajó del coche.

Mientras admiraba los altos muros de piedra del castillo se preguntó cuántos guerreros habrían intentado entrar en aquella fortaleza inexpugnable, con una gran puerta de madera claveteada, descolorida por cientos de veranos soleados como aquel. En el centro del patio había una fuente con una sirena de hierro, copiada del escudo de la familia, que parecía mirarla con cierto desdén.

El chófer se dirigió hacia la parte de atrás con sus maletas y Josie tomó la cadena de hierro que colgaba de una campanita a un lado de la puerta, esbozando su mejor sonrisa.

El conde Dario di Sirena estaba aburrido. Como siempre, había entretenido a sus invitados hasta la madrugada, pero eso significaba que no había nadie para entretenerlo a él en ese momento. Los miembros del club náutico lo habían pasado en grande probando los vinos de su bodega la noche anterior, pero como el alcohol no era algo que lo interesase demasiado, él tenía la cabeza despejada.

Dario decidió dejar que sus invitados durmieran mientras hacía lo que solía hacer por las mañanas... aunque le faltaba un compañero para jugar al tenis. Golpear las pelotas que lanzaba la máquina no era sustituto para un buen partido y pocos de sus invitados parecían interesados en el deporte. En realidad, solo parecían interesados en relacionarse con él porque era una persona influyente. Y eso empezaba a irritarlo.

Por una vez, le gustaría encontrar a alguien que lo tratase de manera normal, pensó, mientras decapitaba media docena de margaritas con la raqueta. Cuando estaba a punto de decapitar todo el jardín de ese modo, oyó el ruido de un coche por el camino.

Era su limusina y, al ver que una mujer salía de ella, intentó recordar quién podría ser aquella nueva invitada. ¿Sería la amiga de Antonia?

Dario miró la fecha en su reloj e hizo una mueca. Era el día doce.

Desde que heredó su título, le parecía como si el tiempo pasara más rápidamente de lo normal, un día convirtiéndose en otro. El tiempo se le escurría como agua entre las manos sin que él hiciese nada.

Un buen handicap de golf y suficientes puntos en el programa de viajero frecuente como para circunnavegar el sistema solar no contaban en absoluto.

Podía tener todo lo que quisiera, salvo una buena razón para madrugar, pensó, colocándose la raqueta al hombro mientras se acercaba a la recién llegada.

Antonia le había dicho que su mejor amiga iba a ir al castillo a trabajar y no debía distraerla. Según había descrito su hermana a la doctora Josephine Street, casi esperaba que fuese una monja, pero la mujer que estaba en la puerta era mucho más atractiva que una monja. Aunque hacía todo lo posible por esconderlo.

Llevaba el pelo recogido y ropa demasiado ancha, como si quisiera esconderse. Desde luego, respondía a la imagen de seria profesora inglesa, pero tal vez alguien debería decirle que en la vida había más cosas, aparte del estudio.

Los años que había pasado trabajando en excavaciones arqueológicas eran la prueba de que Josie no era una floja, pero se cansó de tirar de la campanita sin lograr que sonara.

Irritada, llamó a la puerta con los nudillos, pero medio metro de sólido roble ahogaban cualquier sonido. El chófer debería haberle advertido a alguien que estaban a punto de llegar, pensó. Claro que seguramente tardarían un rato en abrir...

–*Buon giorno.*

Josie dio un respingo al escuchar una voz masculina. Tras ella había aparecido un hombre alto, de anchos hombros, cabello oscuro y piel bronceada, vestido de blanco inmaculado.

Era un contraste muy llamativo y Josie sospechaba que el hombre lo sabía perfectamente. Ella llevaba la ropa arrugada del viaje mientras todo lo de él parecía nuevo. Incluso la raqueta de tenis con la que se golpeaba distraídamente la mano izquierda... aunque entre las cuerdas podía ver pétalos de margarita. Tal vez los habría puesto allí alguna chica, pensó, mirando alrededor. Pero el patio estaba desierto.

Y no tenía que decirle quién era. Esos suaves ojos castaños, rodeados por largas pestañas, le resultaban muy familiares. Debía de ser su anfitrión, el hermano de Antonia. Y, por su aspecto, era todo lo que le había contado.

–Permítame que me presente: soy el conde Dario

di Sirena –le dijo, tomando su mano para llevársela a los labios.

–¿Por qué no está en la cama?

Él enarcó una burlona ceja.

–¿Es una invitación?

Josie apartó la mano y dio un paso atrás, ruborizándose furiosamente. Eso era empezar con mal pie, incluso para ella.

–No, no...

Dario sonrió al verla tan incómoda.

–Tú debes de ser Josie.

–La doctora Josephine Street, sí.

No debería mostrarse tan antipática con su anfitrión, pero tratar con desconocidos nunca había sido fácil para ella y era diez veces más difícil cuando se trataba de un hombre tan guapo.

–Entonces, permítame decir que es un placer para mí recibirla en mi humilde morada –anunció Dario, con burlona seriedad.

Josie sabía que esconder su timidez bajo una fachada de seriedad solía funcionar, de modo que irguió los hombros y lo miró directamente a los ojos.

Aquel era un hombre que se sentía cómodo en cualquier situación, Antonia se lo había contado. En realidad, le había contado tantas cosas sobre su hermano que la noche anterior había buscado su nombre en Google. Y ni las columnas de cotilleos ni Antonia habían exagerado.

Era un hombre guapísimo e imponente que irradiaba seguridad en sí mismo. Y eso era algo que ni todo el dinero ni todo el poder del mundo podían comprar. Dario di Sirena era completamente diferente a su hermana, la alegre y regordeta Antonia. Sin la menor duda, era el hombre más guapo que había visto nunca y la miraba... como si fuese el centro del universo.

Josie tuvo que hacer un supremo esfuerzo de voluntad para recordar que la mayoría de los hombres tenían la misma capacidad de atención que la mosca del vinagre y estaba segura de que cuando no le rindiera pleitesía a su ego se olvidaría de ella.

Esa táctica le había funcionado en el pasado, aunque nunca lo había hecho deliberadamente. Los hombres parecían desvanecerse quisiera ella o no. Y un experto seductor como Dario no perdería el tiempo con ella.

–Me sorprende que decidiera venir aquí en lugar de quedarse en Rimini con Antonia y Fabio, doctora Street.

Josie tragó saliva. El brillo de sus ojos la cegaba, pero intentó convencerse a sí misma de que era el sol.

–Puedes llamarme Josie –murmuró–. La verdad es que me he alojado en la villa de Rimini alguna vez y siempre sentía que estaba molestando.

–¿Por qué? –preguntó él, sorprendido.

–Antonia hacía lo imposible por incluirme en su círculo de amistades, pero esas historias sobre estaciones de esquí, islas privadas y sitios en los que yo no he estado nunca...

–¿No son lo tuyo? –la interrumpió Dario.

Su precioso acento italiano era como una caricia, pensó mientras asentía con la cabeza.

–El chófer se ha llevado mis maletas... estaba intentando llamar, pero no soy capaz de hacer sonar la campanita.

Él apartó un pasador en la cadena en el que Josie no se había fijado.

–Ah, era eso. Gracias –le dijo. Pero cuando iba a tirar de nuevo, Dario sujetó su mano.

–No, no. Esa campana se usa para dar la alarma en caso de robo o incendio. No querrás que venga todo el pueblo, ¿verdad?

–No, claro que no...

–Para llamar a la puerta tendrás que acostumbrarte a Stella Maris –Dario se dirigió hacia la sirenita, en el centro del patio–. Uno de mis antepasados tenía un curioso sentido del humor.

Que él parecía haber heredado, pensó Josie mientras lo veía apretar el ombligo de la estatua, haciendo sonar un timbre en el interior de la casa.

–¿Es ese uno de los inventos del octavo conde Di Sirena? Cuando Toni sugirió que viniese aquí, leí todo lo que pude sobre el castillo.

Dario se encogió de hombros.

–No lo sé, pero quien lo inventase debía de querer burlarse de las mujeres tímidas –respondió.

Josie volvió a ponerse colorada. Al lado de Dario, se sentía como un gorrión frente a un halcón peregrino. Él se mostraba absolutamente cómodo y seguro de sí mismo mientras ella tenía que hacer un esfuerzo para encontrar su voz.

Unos segundos después, un criado abría la puerta del castillo. La entrada estaba dominada por una gran chimenea de piedra sobre la que estaba el escudo de la familia Di Sirena, el mismo que había visto tantas veces en las maletas de Antonia.

–Ahí van tus cosas –Dario señaló a un criado que llevaba una maleta en cada mano–. Te habrán instalado en el ala oeste, así no te molestarán los miembros del club náutico que se alojaron aquí anoche y que están en el ala este del castillo. Vamos, te acompaño a la suite.

Mientras Josie observaba, atónita, los techos artesonados y las paredes forradas de madera, él empezó a subir los escalones de mármol de dos en dos.

–Supongo que tendrá usted mejores cosas que hacer. No quiero molestar...

Él la miró desde arriba.

–Eres amiga de la familia, de modo que para ti soy el hermano de Antonia, Dario. Y es un placer para mí acompañarte a tu suite.

Suspirando, Josie lo siguió.

–¿Seguro que sabes dónde está la habitación? –bromeó mientras atravesaban un laberinto de pasillos.

–Llevo toda mi vida aquí. ¿Antonia no te ha contado por qué brillan tanto los suelos?

Ella negó con la cabeza.

–De pequeño, le ataba trapos del polvo a los pies y la empujaba por estos kilómetros de pasillos. Por triste que estuviera, eso siempre la hacía reír.

–No me imagino que nadie pueda ser infeliz en un sitio tan bonito como este.

–La gente suele olvidar que el dinero y las posesiones no lo son todo en la vida –Dario suspiró mientras, por fin, abría una puerta.

Estaban en la zona más antigua del castillo, en una torre de vigilancia completamente modernizada, con una escalera circular que llevaba a una suite de tres plantas. La primera para comer y relajarse, la segunda un dormitorio con cuarto de baño.

–Y esto –anunció Dario, llevándola por el último tramo de escaleras– es lo que llamamos el solario.

Habían llegado a la última planta y Josie se encontró en una habitación circular con enormes ventanales y paneles de cristal en el techo. Era casi como estar al aire libre, pero con el beneficio del aire acondicionado.

–Es maravilloso –murmuró, mirando las hermosas vistas de la Toscana.

El aire era transparente, los cipreses tiesos como signos de exclamación frente a hectáreas de hierba, campos de girasoles e interminables viñedos.

–De noche es aún más bonito –dijo él–. Se ven las luces de los coches que van a Florencia por la carretera... ¿será debido a un triunfo o a una tragedia? ¿Un bebé que llega al mundo o un amante que se aleja?

Ella lo miró, sorprendida.

–Eso es muy poético.

–Sí, bueno... –Dario sonrió, un poco cortado–. Por el momento, te será difícil distinguir las casas hasta que conozcas mejor la zona, pero por la noche se puede ver la casa de Luigi, el olivar de Enrico y la granja de Federico. Yo subo a veces aquí –siguió, bajando la voz– y me pregunto qué estarán haciendo.

Estaba tan cerca que el aroma de su colonia masculina la hizo temblar.

«¿Qué me está pasando? He venido aquí a trabajar», pensó, alarmada, mientras Dario miraba el paisaje perdido en sus pensamientos. En ese momento, él volvió para mirarla y, de nuevo, Josie sintió un escalofrío que la recorrió de arriba abajo.

Y, como si se hubiera dado cuenta, Dario esbozó una sonrisa irresistible.

Capítulo 2

JOSIE intentaba poner orden en sus pensamientos, pero casi se ahogaba en la mirada de Dario. Eso debía de ser lo que había pasado entre Andy y esa chica de la universidad, pensó, sintiendo un escalofrío.

«No puedo interponerme entre este hombre y la novia que debe de tener en algún sitio».

Después de lo que le pareció una eternidad, consiguió recuperar la compostura para apartarse de él y dar una vuelta por la habitación.

–Esto es demasiado para mí. ¿No tienes una habitación más pequeña? –le preguntó, intentando volver a la tierra.

Dario la miró con cara de sorpresa.

–Esto no es un hotel, Josie. Pero, como amiga de mi hermana, eres bienvenida cuando quieras y durante el tiempo que quieras.

–Eso me dijo Antonia, pero yo prefiero pagar...

–Y el hospital local agradece mucho tu contribución –la interrumpió Dario–. ¿Por qué no fingimos que tu generosidad te da derecho a una suite como esta?

–En ese caso, muchas gracias. Pero entonces tú no podrás subir a mirar el paisaje de noche.

–No me importa.

–Es un sitio maravilloso –dijo Josie, mirando por la ventana–. Y perfecto para trabajar. Está lejos de las demás habitaciones, así que no molestaré a nadie. Gracias, de verdad.

Dario sonrió, burlón. El significado de sus palabras estaba claro: quería estar sola.

–Haces un esfuerzo para contenerte, ¿verdad?

–No te entiendo.

–Te ruborizas cuando hablas conmigo y eso significa que Antonia te ha contado historias sobre mí –Dario rio, burlón–. Pero te aseguro que siendo amiga de mi hermana estás a salvo. Al menos, de mí.

–Cualquiera que intentase flirtear conmigo estaría cometiendo un error. Y yo cometería un error aún mayor si creyera que lo hace en serio.

Él asintió con la cabeza.

–Supongo que eso es comprensible después de lo que le pasó a Antonia.

–Y a mí.

–¿No irás a decirme que ese canalla de Rick también te engañó a ti?

–No, no. Pero pensé que Antonia te habría contado... –Josie no terminó la frase–. Yo tuve una experiencia parecida, aunque no es nada comparado con lo que le pasó a Toni. Le advertí, pero entonces ella era tan feliz...

La expresión de Dario se volvió indescifrable.

–Conociendo a Antonia, seguro que se enfadó contigo por intentar advertirle del peligro. Pero me alegra que sigáis siendo amigas.

–Sí, claro que lo somos.

–¿No temías que dejase de hablarte por intentar hacerla entrar en razón?

–Sí, pero pensé que era mi obligación. No podía soportar que perdiese el tiempo con un hombre que no la merecía –Josie miraba alrededor, observando el esplendor del antiguo castillo Di Sirena, pensando que iba a gustarle alojarse allí, a pesar del atractivo conde.

–Lo entiendo, también yo tengo una corte de buscavidas a mi alrededor –dijo él.

–Por mí no debes preocuparte –se apresuró a decir Josie–. Lo único que me interesa es la historia. Si tienes el esqueleto de algún antepasado guardado en un armario, yo lo encontraré, pero tus secretos de alcoba son cosa tuya.

Mientras hablaba, seguía mirando alrededor y cuando Dario no replicó se volvió para mirarlo.

Y, durante un segundo, en sus irresistibles ojos castaños había tal profundidad de sentimientos que ni siquiera él pudo esconderlo. Era una reacción genuina. Por alguna razón, afectaba a Dario di Sirena, pero no sabía qué había hecho para provocar esa reacción.

Lo único que sabía era que tendría que estar alerta a partir de ese momento.

Dario, que siempre estaba alerta, recurrió a su aristocrática educación para besar la mano de Josie con su más encantadora sonrisa, que normalmente convencía incluso a la mujer más obstinada.

Pero no parecía ejercer ese efecto en la doctora Street. Sus ojos verdes eran tan brillantes como esmeraldas y sus largas pestañas no podían disimular el brillo de curiosidad que había en ellos. Por un momento, había olvidado ser tímida.

Un mechón de pelo escapó de su coleta y ella lo colocó a toda prisa detrás de su oreja antes de darle la espalda para abrir las maletas. Y Dario entendió la indirecta.

–Adiós, Josie. Espero que disfrutes de tu estancia aquí.

–Seguro que sí. Especialmente cuando Toni y Fabio vengan la semana que viene.

–Podrías reunirte con ellos en Rimini ahora mismo, si lo prefieres –Dario levantó la raqueta y empezó a moverla distraídamente–. Puedo pedirle al chófer que te lleve.

Por alguna razón, Josie y su perceptiva mirada lo ponían nervioso.

–No, gracias. Como he dicho antes, prefiero trabajar aquí que soportar los cotilleos de la gente guapa de Rimini.

De nuevo, Dario enarcó una ceja.

–Es raro que una mujer prefiera eso.

–No sé a qué tipo de mujeres estás acostumbrado –replicó ella–. Yo soy así y prefiero decir la verdad.

Él asintió con la cabeza.

–En los círculos en los que yo me muevo, eso es raro.

Josie se encogió de hombros.

–La investigación exige honestidad y acaba convirtiéndose en un hábito.

–Lo tendré en cuenta –Dario salió de la habitación

preguntándose qué tendría que hacer para que la doctora Street se relajase un poco.

Josie estaba deseando empezar a explorar la finca y deshizo las maletas a toda velocidad, pero la suite la distraía tanto como el propio Dario di Sirena.

No podía dejar de pensar en lo guapo que era... con esos ojos oscuros tan penetrantes.

Sacudiendo la cabeza, empezó a colocar su ropa en preciosas perchas forradas y rellenas de lavanda. El suelo de mármol del baño era una tentación irresistible y, quitándose los zapatos y las medias, caminó descalza durante unos minutos.

Cuando por fin terminó de cambiarse y explorar las tres habitaciones que conformaban la suite, los otros invitados de Dario estaban en el patio. Ver todas esas limusinas conducidas por chóferes uniformados y carísimos deportivos era un entretenimiento y Josie pasó más tiempo del que pretendía apoyada en el alféizar de la ventana, mirando aquella magnífica procesión.

Solo cuando apareció el conde se apartó de la ventana para que no pensara que estaba vigilándolo o que su insistencia en decir que estaba muy ocupada era mentira.

«El trabajo es lo primero, la diversión después», se recordó a sí misma.

Aunque para ella la diversión no parecía llegar nunca.

Antonia solía decir que nadie podría pillarla de brazos cruzados y tenía razón. No sabía si le gustaba lo que eso decía de ella, pero de verdad tenía mucho trabajo antes de que terminase el año académico.

Italia y su historia la fascinaban desde que era niña, cuando desenterraba objetos en el jardín de su casa para llevarlos al colegio, y una de las piezas que encontró resultó ser un broche romano perdido por alguna mujer dos mil años antes.

Esa pieza, y una profesora inteligente, habían despertado su imaginación y veinte años después estaba allí, en la tierra de los romanos, dispuesta a inspirar a otros preparando un curso completo para sus alumnos.

Sabía que era afortunada y se sentía agradecida por los sacrificios que había hecho su madre; lo malo era la presión de aprovechar en lo posible todas esas oportunidades.

Por eso, observar a Dario en el patio podría dar al traste con sus planes. Pero algo en él la atrajo hacia la ventana de nuevo, como una flor hacia la luz del sol.

Había cambiado el conjunto de tenis por un pantalón de montar en color caqui, una camisa blanca y un par de brillantes botas, los colores pálidos destacando su bronceado.

Josie no podía creer su suerte. El trabajo la había llevado a Italia y estaba admirando a un hombre guapísimo desde una torre que habría hecho que la princesa Rapunzel se muriese de envidia.

Dario atravesó el patio, dirigiéndose a la avenida de tilos como un emperador inspeccionando sus dominios. Sus lánguidas zancadas eran engañosas porque recorría el espacio a tal velocidad que, en unos segundos, las ramas de los árboles casi lo escondieron de su vista.

Pero cuando el conde Di Sirena se volvió y miró deliberadamente hacia arriba, Josie tuvo que contener el impulso de saludarlo con la mano.

Podía imaginar cómo suspiraría su madre si viera aquella escena. Con los ojos llenos de lágrimas, le contaría una vez más cómo había conocido a su padre... y Josie odiaba eso. Su madre era la prueba viviente de lo engañosos que eran los hombres y, además, le recordaba lo confiada que había sido con Andy.

Dario seguía mirando hacia arriba y, avergonzada, se apartó de la ventana para buscar su cuaderno y su cámara. Aquel era un viaje de trabajo, se recordó a sí misma. Tenía mucho que hacer y poco tiempo para hacerlo. Quería hacerse un nombre en la facultad y mirar a Dario di Sirena no la ayudaría en absoluto a conseguirlo.

Después de guardar sus cosas en un bolso grande que se colgó al hombro, bajó por la escalera. Una vez abajo, le dio la espalda a la avenida de tilos, tomando la dirección opuesta a la que había tomado Dario para que no pensara que estaba siguiéndolo.

Dirigiéndose hacia el otro lado de la finca, pasó bajo antiguos olivares y fragantes limoneros, disfrutando del sol. Quería llegar al punto donde la gran verja de entrada del castillo Di Sirena se encontraba con la vieja carretera que llevaba a Florencia.

Había visto a dos hombres trabajando en un muro de piedra y, según su experiencia, los muros contenían muchos secretos porque durante siglos la gente había saltado sobre ellos, tirando cosas en el camino o escondiéndolas entre sus piedras. De modo que se dirigió hacia los obreros a toda prisa, pero el intenso calor le robaba energía. Pasear sería lo mejor en un día precioso como aquel, se dijo mientras tomaba un trago de agua mineral.

Había bebido casi una botella entera cuando, por fin, llegó al muro. Uno de los obreros se había ido a comer y el otro estaba limpiando, dispuesto a marcharse también. Afortunadamente, al hombre le gustaba contar historias y Josie estaba escuchándolo atentamente cuando sintió que el suelo reverberaba bajo sus pies.

Al darse la vuelta vio que era Dario, montado en un magnífico caballo, galopando hacia ellos.

Nerviosa, decidió saludarlo despreocupadamente, como si su repentina aparición no hubiera acelerado su pulso. Pero mientras lo veía acercarse como un príncipe salido de un cuento de hadas, las palabras se quedaron en su garganta y solo pudo hacer un gesto con la mano.

Dario sonrió mientras detenía el caballo a unos metros.

—Me han saludado con más entusiasmo.

Josie hizo un esfuerzo para articular palabra:

—Disculpa, es que estaba charlando con el *signor* Costa y tu llegada me ha pillado por sorpresa.

—Ya veo. ¿Y sobre qué estabais charlando?

—Sobre el muro. ¿Sabes que muchos de los grandes hallazgos arqueológicos se han encontrado cerca de un muro de piedra?

Dario habló un momento en italiano con el obrero mientras ella lo miraba. Tenía un aspecto tan impresionante montado sobre su caballo...

–¿Quieres conocer la historia de estas piedras?

–Sí –respondió Josie–. ¿Puedes ayudarme?

–No lo sé. Solo había venido para ver si necesitabas un traductor.

–Gracias, pero me entiendo bien con él. Y me concentro mejor sin distracciones... quiero decir sola –le explicó Josie, para que no se sintiera ofendido.

–Una pena porque yo estaba deseando verte en acción –dijo él–. La gente de por aquí no suele hacer nada constructivo. Este es un sitio creado para disfrutar, no para trabajar.

Josie tuvo que contener un gemido. Las posibilidades de trabajar con Dario a su lado serían mínimas. Estaría todo el tiempo intentando no mirar el paisaje... y no se refería a las colinas de la Toscana.

¿Qué le estaba pasando?, se preguntó.

–Gracias, pero por el momento no necesito ayuda. Y seguro que para ti sería muy aburrido, además.

Dario la miró con un brillo burlón en los ojos, como si pudiera leer sus pensamientos.

–Muy bien. Tengo que ir a la ciudad de todas formas, así que te dejo con tu trabajo... al menos, de momento. Pero, como te has tomado la molestia de venir a estudiar mi casa, preguntaré por ahí por si alguien sabe algo sobre la historia de ese muro.

–Gracias.

–Y puedes acudir a mí cuando quieras conocer los secretos del castillo.

–Eso estaría muy bien, te lo agradezco.

Josie tenía que hacer un esfuerzo para que le saliera la voz y se enfadó consigo misma. Nunca le había pasado algo así.

–¿Seguro que te encuentras bien? –le preguntó Dario.

–Es el calor –respondió ella abruptamente–. En Inglaterra el sol no es tan fuerte y no estoy acostumbrada.

–Entonces, cuídate –dijo él, con tono firme–. Mantente en la sombra y lleva siempre un sombrero. No quiero que acabes en el hospital por culpa de una insolación.

Después de decir eso salió al galope y, sin darse cuenta, Josie se quedó mirándolo hasta que Giacomo, el obrero, se aclaró la garganta para recordarle su presencia. Y no había que ser muy listo para saber lo que estaba pensando, su sonrisa era más que suficiente.

Parpadeando furiosamente, Josie volvió a estudiar las antiguas piedras en lugar de mirar a Dario.

El trabajo era lo primero, se repitió a sí misma. Pero, por una vez, ese mantra no parecía consolarla.

Dario no podía decir qué era, pero algo en la doctora Josie Street lo inquietaba sobremanera.

No pudo dejar de pensar en su pálido rostro y sus tensos movimientos durante el resto del día. Era evidente que no estaba acostumbrada a conocer gente nueva o a moverse en círculos que no fueran académicos. Vestía para ser invisible más que para llamar la atención, pero entendía que Antonia se hubiera hecho su amiga.

Era tan fácil tomarle el pelo y hacer que se pusiera colorada... su inocencia era irresistible para alguien cuyo paladar estaba un poco cansado de lo de siempre.

Parecía tan animada mientras charlaba con Giacomo...

Desde lejos la había visto hacer gestos con las manos y, automáticamente, había pensado que necesitaba un traductor, pero a medida que se acercaba vio que estaba concentrada en la conversación. Sin embargo, había enmudecido en cuanto él llegó.

Hacía todo lo posible por comunicarse con Giacomo, pero apenas podía decir dos frases cuando él aparecía.

Dario pensó entonces en Arietta. No sabía por qué, ya que no podían ser dos mujeres más diferentes. Intentó apartar de sí la imagen de su prometida y pensar en otra cosa... debería ser fácil; después de todo, había vivido sin Arietta mucho más tiempo que con ella. Que pensar en Arietta aún pudiese entristecerlo de esa forma era un aviso.

Pero su recuerdo no lo perseguiría en sueños esa noche, pensó, mientras se preparaba para ir a cenar con sus amigos. Cuando estaba poniéndose unos gemelos de oro en los puños de la camisa blanca escuchó pasos en la gravilla del camino y al mirar por la ventana vio que era Josie.

–¿Dónde vas con tanta prisa? –la llamó–. ¿Puedo llevarte a algún sitio?

Josie, que llevaba una bandeja llena de cepillos, rastrillos, paletas y otras herramientas, se volvió bruscamente.

–Gracias, pero no quiero molestar –respondió, llevándose una mano al pecho, como intentando esconder el mono de trabajo que llevaba puesto, mientras se inclinaba para recoger una paleta que había caído al suelo.

–No es molestia –Dario se dio la vuelta para salir de la habitación, pero cuando bajó al patio ella había desaparecido.

La vio dirigiéndose hacia la verja que separaba el jardín del resto de la finca y se saludaron con la mano, pero debía de haber salido corriendo para llegar tan rápido. Y se preguntó por qué. No quería pensar que le daba miedo.

Durante toda la noche, a pesar de las atenciones de sus invitadas, estuvo pensando en ella. Al contrario que Josie, sus amigas llevaban vestidos de diseño hechos en Milán, París y Nueva York. Todo ese glamour, todo ese encanto, dirigido a él.

Recibía el mismo tratamiento en todas las fiestas y estaba tan acostumbrado que apenas prestaba atención. Alguna vez se permitía a sí mismo sucumbir a los halagos, pero por alguna razón no podía poner el corazón en ello esa noche.

¿Qué tipo de ropa llevaría Josie en la maleta?, se preguntó, imaginándola con el vestido de satén negro que llevaba una de las invitadas.

«Yo tengo sábanas de ese color. Me pregunto cómo quedaría Josie sobre esas sábanas».

En ese momento, un camarero se materializó a su lado con una botella de champán envuelta en una servilleta de lino blanco.

–No, gracias, tengo que conducir –le dijo.

Pero eso había hecho que un travieso pensamiento apareciese en su cabeza. Siempre le había gustado el champán y tenía una buena selección en el castillo. Seguro que una copa o dos ayudarían a Josie a celebrar su llegada a Italia, pensó.

Y, después de despedirse de su anfitrión, salió de la fiesta a toda velocidad.

Al final del día, Josie estaba tan cansada que apenas era capaz de poner un pie delante de otro, pero no podía sentirse más feliz. Había estado sola la mayoría del tiempo y el trabajo le había parecido más relajante que unas vacaciones. Pero, a pesar de su determinación, no podía dejar de pensar en Dario y necesitaba un descanso, de modo que puso el despertador muy temprano para ordenar sus notas a primera hora y empezar a trabajar a la salida del sol.

Lo último que recordaba era el ruido de un poderoso vehículo rompiendo el aterciopelado silencio de la noche...

Cuando cerró los ojos, recordó cómo había descrito Dario la vista desde el solario por la noche y su turbulenta expresión mientras la miraba. Y eso fue suficiente para hacer que no pudiera pensar en nada más.

Medio dormida en la suntuosa cama, sonrió. Aquel era un sitio maravilloso, pero Dario era una tentación y el único sitio seguro para un encuentro con él serían sus sueños.

Cuando el coche se detuvo en el patio, Josie estaba profundamente dormida.

Dario saltó del coche, pero antes de llamar al chófer para que lo llevase al garaje miró hacia la torre... estaba completamente a oscuras.

Esperando que Josie solo hubiera apagado la luz para disfrutar del paisaje desde las ventanas, como él había sugerido, tomó una botella de champán y un par de copas del bar y subió a su habitación. Pero cuando llamó a la puerta y no obtuvo respuesta tuvo que controlar su decepción. Daba igual, se dijo. Josie seguía teniendo derecho a recibir el mejor trato en el castillo Di Sirena, de modo que dejó la botella en el suelo, frente a la puerta.

Por alguna razón que no entendía, quería tentar a Josie para que lo pasara bien. Más de lo que había deseado nada en mucho tiempo. La interrumpida fiesta era prueba más que suficiente. ¿Tal vez su resistencia era simplemente un nuevo reto?

Fuera cual fuera la razón para tan repentino interés, estaba claro que no iba a poder apartarla de sus pensamientos hasta que la hubiera conquistado.

Y un largo y perezoso almuerzo podría ser el pistoletazo de salida, pensó. Josie era tan educada que no sería capaz de rechazar la invitación.

Dario sonrió mientras se dirigía a su habitación. Sería deliciosamente irónico usar su típica reserva británica para tender un puente entre los dos.

Capítulo 3

EL DESPERTADOR sonó antes del amanecer y Josie tuvo que contener la tentación de darse la vuelta y seguir durmiendo un par de horas más. Pero había muchas hectáreas de finca que investigar y eso era más irresistible que dormir.

Después de arreglarse a toda prisa, abrió la puerta de la suite... y estuvo a punto de tropezar con una botella de champán que alguien había dejado en el suelo.

Dario, por supuesto. Debía de haberla dejado allí después de una noche de fiesta.

Ella llevaba siglos sin ir de fiesta, pensó entonces. De hecho, se sentía incómoda rodeada de gente en los eventos sociales.

Salió del castillo mientras la mañana seguía siendo fresca para explorar la finca, pero pronto se enfadó consigo misma por no haber llevado un sombrero. Se colocaba a la sombra siempre que le era posible, pero el sol calentaba demasiado.

Al principio, estaba tan absorta en su trabajo que no tuvo tiempo de pensar en nada más, pero luego se dio cuenta de que no estaba sola. Fuera donde fuera, el conde Dario di Sirena no andaba lejos. Lo había visto montando a caballo y luego acercándose a los establos mientras ella iba hacia las colinas.

Estaba segura de que era una coincidencia, aunque esa coincidencia no podía explicar el escalofrío que sentía cada vez que sus caminos se cruzaban.

Dario había decidido que salir a cabalgar un rato era lo que necesitaba para ordenar sus pensamientos. Y funcionó, pero no de la manera que él esperaba. No podía dejar de recordar a Josie mirándolo desde la ventana o saludándolo con la mano cuando se marchó la noche anterior...

No podría decir qué era lo que tanto lo atraía de ella, pero fuese donde fuese aquel día parecían destinados a encontrarse.

Aparecía en los sitios más inesperados, desde los establos al viejo molino de aceite. Tanto que Dario empezó a sentirse incómodo. Podría pensar que estaba siguiéndolo si no fuera porque Josie siempre iba por delante de él.

Era como si pudiera leer sus pensamientos, anticipándose a cada uno de sus movimientos. La idea era absurda, pero eso no evitaba que pensara en ello. Definitivamente, Josie lo afectaba de una forma extraña.

Desde la coleta a las botas de trabajo, la doctora Josie Street era una chica seria y eso la hacía única. Que se ruborizase cuando le explicó lo del champán fue el gesto más humano que había tenido, pero apenas había dicho una palabra desde entonces. Y esa actitud, comparada con la charla inane que tenía que soportar en las fiestas, le resultaba interesante.

A menos que tuviera algo que decir, Josie mantenía la boca cerrada. Pero ¿cómo conseguía ponerlo tan nervioso?

Dario sacudió la cabeza y decidió que era hora de controlar la situación.

Decidida a apartarse un rato del sol abrasador, Josie se dirigió hacia un grupo de árboles. Pero mientras sus ojos se acostumbraban a la penumbra creada por las ramas, le llegó una voz masculina:

–*Ciao*, Josie.

Dario había atado las riendas de su caballo en la rama de un árbol y estaba apoyado en el tronco, como un magnífico animal dispuesto a atacar.

–¡Qué susto me has dado!

–Era lo que pretendía –bromeó él, mostrándole el sombrero de paja que llevaba en la mano–. Te advertí que debías protegerte la cabeza, pero no me has hecho caso, así que he venido a traerte esto.

–Hoy pareces estar por todas partes –dijo Josie, suspicaz.

–Yo podría decir lo mismo de ti. Toma –Dario le ofreció el sombrero–. Es de Antonia y a ella no le importará, pero yo me llevaré una decepción si no lo aceptas... como no aceptaste el champán.

Josie tragó saliva. Aunque Dario era alto y atlético, se movía sin hacer ruido. Con su pelo negro y su irresistible bronceado, destacado por la camisa blanca, Josie pensó en una pantera acechando a su pesa.

–Pero tú no llevas sombrero –le dijo, nerviosa.

–Yo estoy acostumbrado a este sol tan fuerte. Aunque tienes razón, eso no justifica que me arriesgue. En cualquier caso, yo voy por la sombra siempre que es posible, tanto por Ferrari como por mí –Dario señaló a su caballo, que mordisqueaba la hierba a unos metros de ellos–. He explorado esta finca cientos de veces y conozco los mejores sitios. Por ejemplo, ¿sabes que en este sitio hay un manantial escondido?

–Me había parecido escuchar ruido de agua...

–Ven, te lo enseñaré. Además, el manantial esconde un secreto.

–¿Un secreto?

–Nos están mirando –Dario la llevó entre los árboles hasta llegar a una piscina natural rodeada de grandes rocas–. Cuando éramos pequeños, Antonia tenía miedo del monstruo que vive tras esa cortina de hiedra y helechos, ¿las ves? –le preguntó, señalando un tapiz de hojas que caía sobre el agua–. Solía retarme a apartarlas y luego salía corriendo cuando lo hacía.

–A mí no me da ningún miedo.

–A los seis años, un rostro esculpido en la roca bajo la hiedra puede ser aterrador. La leyenda local dice que es una máscara etrusca, pero tú eres la experta.

Los ojos de Josie se iluminaron.

–Ah, ahora empiezo a estar interesada.

–Ya me lo imaginaba –Dario sonrió–. ¿Entonces qué dices? ¿Te atreves a ir conmigo a echar un vistazo?

Josie miró las rocas, cubiertas por un musgo oscuro de aspecto traicionero.

–No sé...

–Yo iré primero –dijo él–. Es seguro, pero, si te da miedo, puedes verla desde aquí.

Josie dejó la mochila en el suelo y llegó a su lado antes de que terminase la frase. Su miedo a que alguien pensara que no estaba a la altura era superior a su miedo al agua... hasta que vio por dónde tendría que pasar. El camino hasta la cortina de hiedra era estrecho y cortado en la roca. Y en algunos sitios, el agua se colaba como si saliera de una manguera.

Siguió valientemente a Dario y cuando resbaló él agarró su mano, pero Josie ya había conseguido recuperar el equilibrio.

–Estoy bien, gracias.

–¿Seguro?

–Claro, es que el agua no es lo mío.

–¿Eso significa que no vas a usar la piscina del castillo?

–Si puedo evitarlo, desde luego.

–Una pena –dijo Dario–. Aunque también yo prefiero pasarlo bien en tierra firme.

Lo había dicho con un tono sugerente, pero cuando Josie lo miró, recelosa, se encontró con una sonrisa supuestamente inocente.

–En este momento, estoy de acuerdo contigo –le dijo, concentrándose en mantener el equilibrio–. Venga, date prisa, esto se está convirtiendo en una prueba olímpica.

–Tú sabes que todo lo bueno requiere esfuerzo.

–Yo creo que el esfuerzo está sobrevalorado –bromeó Josie.

–¿Qué quieres decir?

Josie maldijo la distracción del arte etrusco y la

superficie resbaladiza. Había hablado demasiado y no era su costumbre. Furiosa consigo misma por sacar el tema, intentó bromear:

–Mi novio encontró a otra chica que catalogaba artefactos por él. Muy esforzada –le dijo, intentando reír.

Pero Dario no sonreía como había esperado. Al contrario, se quedó mirándola en silencio durante unos segundos.

–Ese hombre era un tonto por no apreciar lo que tenía –le dijo antes de darse la vuelta, como si no acabara de hacerle un cumplido.

Josie respiró profundamente, intentando controlar su nerviosismo.

–Ya hemos llegado. Ten cuidado.

–Lo tengo, no te preocupes.

–Mira esto.

Dario apartó la cortina de hiedra y Josie vio una horrible máscara de cuya boca salía un chorro de agua que debía de haber aterrorizado a Antonia cuando era pequeña.

–Vaya, parece...

Con la emoción, olvidó que estaba sobre una superficie resbaladiza y, cuando iba a colocarse delante de Dario para verla mejor, un pájaro salió volando de su escondite, pasando a un centímetro de su cara y dándole tal susto que perdió el equilibrio y cayó al agua.

Asustada, empezó a bracear violentamente, pero un segundo después se encontró en los brazos de Dario, que se había lanzado al agua tras ella.

–No pasa nada, tranquila –le dijo, riendo.

¿Estaba riéndose de ella?, se preguntó, indignada. Pero su indignación murió al descubrir lo maravilloso que era estar apretada contra su cuerpo.

Josie dejó de luchar. Por un momento, se dejó llevar por la penumbra, por el calor del sol y el de los brazos masculinos. Solo podía oír los latidos de su corazón y los de él... y era embriagador, una sensación tan primitiva. El hermoso rostro de Dario estaba tan cerca que sintió que sus labios se abrían, anticipando algo tan maravilloso que no se atrevía a ponerle nombre.

Pero entonces recordó que dejarse llevar por la tentación era peligroso y, asustada, intentó alejarse nadando...

—No te muevas —dijo él—. Estás a salvo conmigo, no te preocupes.

Y Josie, que quería creerlo, echó la cabeza hacia atrás para mirarlo a los ojos, el agua rodando por su rostro.

—Lo siento —se disculpó.

Él no dijo nada. Su camisa blanca se había vuelto casi transparente, dejando ver la sombra oscura que había debajo. Su cuerpo, tan caliente y lleno de vida, hizo que Josie se relajara inconscientemente, sus miembros derritiéndose bajo el agua. Dario la miraba a los ojos y era un afrodisíaco.

Cuando él apartó un mechón de pelo de su cara, ella volvió a cerrar los ojos. Incapaz de resistirse, abrió los labios y esta vez sabía muy bien lo que quería. Su respiración se volvió agitada anticipando el beso.

Entonces, en el último momento, o recuperó el

sentido común o le falló el valor, no estaba segura. Abriendo los ojos, sacudió la cabeza tan rápida y violentamente que varias gotas de agua volaron por el aire. Soltando su mano, se alejó hacia el borde del manantial y salió del agua apoyándose en las resbaladizas piedras.

Nunca se había sentido tentada por un hombre de ese modo y sabía que debía poner cierta distancia entre ellos.

Aún en el agua, como Neptuno, Dario la miraba fijamente.

—Deberías tener más cuidado.

—Lo sé, por eso he salido del agua. A partir de ahora, me alejaré del peligro todo lo que pueda.

En todos los sentidos, pensó.

Él sacudió la cabeza. Josie lo asombraba. Empapada y con la camiseta blanca pegada al pecho, era preciosa.

Pero, como si se hubiera dado cuenta de que la observaba, ella se dio la vuelta, intentando escurrir el agua de la camiseta y el pelo.

—Y no me mires así.

—¿Tienes ojos en la nuca?

—No los necesito, sé que estás mirándome.

—Eres muy guapa —dijo Dario.

—Gracias, pero deja de mirarme —insistió ella—. Me gustaría hacer unas fotografías de este manantial. Es exactamente la clase de sitio en el que estoy interesada. ¿No querías ayudarme?

—Sí, claro.

—Pues podrías decirme si hay más tesoros escondidos en la finca.

El calor empezaba a secar su ropa y su pelo, pero Josie lo aireaba con las manos para que el proceso fuera más rápido.

–Deberías ponerte al sol conmigo –sugirió Dario–. Así te secarías antes.

–No hace falta.

Josie levantó la mirada y lo vio quitándose la camisa.

–Cuando decidí invitarte a comer no pensé que nos harían falta toallas.

–¿Invitarme a comer?

–No pensarás que he venido a buscarte con las manos vacías –Dario sacudió la camisa antes de volver a ponérsela y Josie intentó concentrarse en su cara para no mirar su ancho torso, pero el efecto de su sonrisa fue aún más devastador.

Tener a Josie entre sus brazos despertaba poderosos sentimientos en Dario, que no podía dejar de pensar en seducirla. Cuando fue a buscarla para sorprenderla con una merienda no había esperado tenerla entre sus brazos tan pronto, aunque fuese en el papel de salvavidas. Él era el típico hombre italiano de sangre caliente para quien resultaba difícil resistirse a la tentación. Especialmente cuando la tentación era una mujer voluptuosa con la ropa mojada.

Mientras él sacaba la cesta de la merienda de la silla, las mangas blancas de su camisa en contraste con su piel morena en la misteriosa penumbra del manantial escondido, Josie tuvo que tragar saliva.

–Como había imaginado, solo han metido un par de servilletas. Lo siento, no hay toalla. Aunque podrías ponerte esta manta sobre los hombros.

Cuando Dario iba a colocársela sobre los hombros, Josie dio un paso atrás.

–Puedo hacerlo yo misma, gracias –murmuró.

–Estás temblando. Ven, vamos a ponernos al sol un momento.

Tomando la cesta de la merienda, Dario se dirigió hacia un claro, con Josie detrás... a cierta distancia. Y eso lo hizo sonreír para sí mismo porque tenía suficiente experiencia como para saber cuándo una mujer estaba a punto de ser suya.

–La arqueología de la finca no va a desaparecer de repente, no te preocupes. Y no voy a comerte cuando nos han preparado todo esto en la cocina –Dario señaló las fiambreras–. ¿Por qué no te relajas un poco, Josie? ¿Eres demasiado sensata como para relajarte y pasarlo bien? Aquí no hay nadie y solo vamos a comer.

–Ya lo sé.

Josie se sentó sobre la hierba, a un par de metros de él.

–¿Qué te parece? –Dario abrió una botella de *limoncello*, que sirvió en dos vasitos diminutos con un poco de agua mineral–. *Salute!*

Josie lo miró y luego miró el vaso que tenía en la mano.

–¿Has preparado todo esto para mí?

–Claro –respondió él.

–No sé qué decir. Yo estoy a acostumbrada a comer un sándwich a toda prisa...

–No tienes que decir nada. Al fin y al cabo, eres mi invitada.

A partir de ese momento, Dario empezó a sacar

platos de pasta y ensalada, sonriendo al ver el brillo de sus ojos.

Josie miraba los tomates y pimientos asados, cubiertos por un chorro del brillante aceite de oliva que se hacía en la propia finca, los platos de mozzarella con romero y sal... todo era tan apetecible, tan fresco.

Mientras Dario llenaba su plato con un poco de cada cosa, ella miraba sus fuertes antebrazos morenos sintiendo un escalofrío. Nunca había sentido nada así con Andy y tan inesperada sensación era aterradora; no porque Dario le diese miedo, sino por cómo respondía ante él. Recordaba lo excitada que se había sentido mientras la tenía entre sus brazos...

Llevaba demasiado tiempo sin un hombre y había olvidado lo emocionante que podía ser.

–¿Necesitas algo más, Josie?

La voz de Dario, ronca y profunda, era tan seductora como el paisaje a su alrededor y, para esconder su excitación, tomó un largo trago de *limoncello*. Nada en su vida la había preparado para la sensual promesa que había en la voz masculina o para la primitiva reacción de su cuerpo.

El acento italiano parecía envolverla como un abrazo cada vez que pronunciaba su nombre. Era algo así como seducción por telepatía y tenía que hacer un esfuerzo para disimular el efecto que ejercía en ella.

Antes de conocerse había pensado que su contacto con Dario sería breve, que no tendrían nada en común. De hecho, y a juzgar por las cosas que le había contado Antonia, su opinión sobre él era muy mala.

Pero Dario se había convertido en una tentación

que amenazaba con echar por tierra su intención de concentrarse exclusivamente en el trabajo.

–A ver si lo adivino: antes de venir aquí yo te caía mal, pero has descubierto que no soy el hombre que esperabas, ¿es así?

Ella tuvo que tragar saliva.

–No, no...

–Y ahora te preguntas cómo sé eso. Pues lo sé porque yo había pensado lo mismo.

Josie tomó un tenedor, fingiendo estar muy interesada en la comida, pero era imposible ignorar el temblor de sus dedos.

–Me estás poniendo nerviosa –le confesó.

–¿De verdad? Pues no sé por qué. No es mi intención asustarte.

–No he dicho que me asustes, he dicho que me pones nerviosa –lo corrigió Josie–. Sé que no quieres hacerlo, es más bien intimidación pasiva.

La historia de su madre, su mejor amiga y su propio compromiso roto con Andy eran poderosos recordatorios de lo que podía pasar cuando una confiaba demasiado en un hombre, pero la hermosa sonrisa de Dario hizo que olvidase todo eso.

–Imagino que mis antepasados se sentirían muy orgullosos si oyeran eso. Pero a mí no me gusta poner nerviosa a la gente. Quiero que lo pases bien, Josie. ¿Qué más puedo hacer para que lo pases bien?

El tentador tono de su voz era deliberadamente ambiguo.

–Creo que esta comida es suficiente por el momento, muchas gracias.

Él asintió con la cabeza, volviendo a concentrarse en su plato, y Josie sintió una punzada de decepción.

–¿Qué retiene a un hombre como tú en el campo? –le preguntó, desesperada por cambiar de tema.

Justo en ese momento, un golpe de viento hizo que sintiera un escalofrío. Cuando bajó la mirada, vio que sus pezones se marcaban bajo la camiseta y tuvo que contener el deseo de cubrirse con las manos.

–No soy capaz de alejarme –respondió él–. Esta finca, esta gente... son mi deber. Pero, además de eso, este sitio es parte de mí. Aunque no espero que una mujer moderna lo entienda.

–¿Una mujer moderna? ¿Qué quieres decir con eso?

–Mas bien quería decir una intelectual. Tú estás acostumbrada a usar la mente, a analizar las cosas en lugar de disfrutar de los simples placeres. Para ti, aprender y estudiar está por encima de las emociones.

–No tiene por qué ser así.

–Y me alegro –dijo Darío–. Porque en el castillo Di Sirena, las emociones son profundas. Más profundas que el manantial. Este es un sitio hecho para el placer, no solo para el trabajo. Deja que te lo demuestre –su voz era como una caricia–. En mi mundo, incluso el simple hecho de comer puede ser transformado en una hermosa experiencia.

Tomando un cuchillo, cortó un trozo de melocotón y se lo ofreció con una sonrisa en los labios.

«Trabaja más tarde, diviértete ahora».

Josie parecía estar mirándose a sí misma desde fuera y, en lugar de tomar el trozo de melocotón con los dedos, se vio inclinándose para tomarlo con los labios. Como a través de una niebla de deseo, se oyó gemir cuando el néctar del melocotón rodó por su barbilla...

Dario no había esperado que hiciese algo tan espontáneo y su sorpresa se convirtió en un deseo que lo abrumó. Nadie podía esperar que un hombre como el conde Dario di Sirena rechazase tal invitación.

Rápida y silenciosamente, tomó la mano de Josie y tiró de ella para apretarla contra su pecho.

Capítulo 4

JOSIE no pudo resistirse al abrazo de Dario. Cuando la punta de su lengua trazó delicadamente la comisura de sus labios deseó que la estrechase entre sus brazos y le hiciera el amor con toda la pasión de la que fuese capaz.

Un golpe de viento que movió las hojas de los árboles sobre su cabeza pareció romper el hechizo por un momento y se apartó, nerviosa. Él no soltaba su mano y ella no quería perder el contacto... y cuando Dario dio un paso adelante para besarla, Josie sucumbió a la magia de su boca por segunda vez.

Sabía que debería resistirse, pero era como si estuviera escrito y se derritió bajo la firme presión de sus brazos. Temblaba, pero no de frío, y el deseo hizo que le echara los suyos al cuello.

Era el momento, estaba lista para liberarse de su larga sentencia de aislamiento. Todos los años de soledad desaparecieron en ese momento y se apretó contra él, sintiendo el roce del miembro masculino contra su vientre.

Pero entonces Dario se echó hacia atrás y, por primera vez en lo que le parecían horas, se separaron.

Josie tuvo que contener el deseo de volver a abrazarlo y era evidente que a él le pasaba lo mismo.

Luego cerró los ojos para apoyar la frente en la suya y, por un momento, pensó que iba a besarla de nuevo.

–Sí, Dario...

Después de todo, como él mismo había dicho, allí no había nadie más que ellos. Nada más que su propia conciencia siendo testigo del momento.

Poniéndose de puntillas, Josie buscó sus labios, pero Dario, que permanecía inmóvil, sujetó sus brazos y ese simple gesto hizo que saliera del trance en el que estaba sumida. Alarmada, se dio cuenta de lo cerca que había estado de rendirse del todo. Y cuando lo miró, el rostro de Dario era una máscara de pesar.

–No puedo. Lo siento, Arietta...

El deseo de Josie murió por completo, reemplazado por una mezcla de rabia, vergüenza y humillación.

–Al menos, podrías llamarme por mi nombre –le espetó, airada.

–No debería haber hecho nada en absoluto –dijo él, volviéndose para dirigirse a su caballo.

Ella lo observó alejarse, en silencio. Si hubiera confiado en su instinto...

Durante años se había alejado de cualquier peligro y también debería haberse alejado de Dario. Sospechaba que había alguna mujer en su vida y él parecía haber dejado claro que así era.

Eso le recordó el momento terrible en el que descubrió que Andy le era infiel. Entonces no había podido entender cómo una mujer podía hacerle tanto daño a otra, pero allí estaba, haciendo lo mismo.

«Siempre había pensado que no podría hacerle a una mujer lo que ella me hizo a mí. Ni siquiera por un hombre que besa como Dario di Sirena».

Tenía que marcharse, pensó entonces, tomando su mochila y su cámara. Pero la idea de investigar esa máscara supuestamente etrusca la hacía sentir culpable. Esa máscara siempre estaría ligada en su mente a los besos de Dario.

Buscando una distracción, subió por la ladera para alejarse del manantial. El sol era implacable, la hierba estaba seca en esa zona y el calor hacía que resultase difícil respirar. Cuando llegó a la cima de la ladera estaba sin aliento y no sabía si era por la caminata o por los besos de Dario.

Dejándose caer a la sombra de un junípero, miró hacia abajo poniéndose una mano sobre los ojos a modo de pantalla...

Dario había subido a su caballo y estaba mirando hacia arriba, hacia ella. Y mientras lo miraba, él se pasó una mano por la cara como para limpiar una mancha y luego se dio la vuelta.

Eso era ir demasiado lejos.

Josie sabía que usaba el trabajo como una excusa para esconderse de la vida y aquella era la razón, pensó. Era natural que se hubiera alejado de los hombres cuando había hombres como Dario di Sirena.

Suspirando, sacó su cuaderno de la mochila, decidida a seguir con su jornada normal. Pero no sirvió de nada. Solo podía pensar en una cosa y no era el trabajo.

Aparentemente, cada vez que intentaba vivir la vida como otras personas, se llevaba un disgusto. Siempre había medido el éxito de su vida por el trabajo y tal vez se había concentrado demasiado en él porque cuando descubrió que su prometido estaba más interesado en sí mismo que en el futuro de los dos ya tenía una aventura con una de sus colegas. Esa traición había sido terrible. Una traición pública, además.

Y había algo más: que el sexo con Andy jamás la hubiera encendido siempre la había preocupado. Pero, en unos segundos, Dario había echado por tierra su miedo de ser frígida y liberado a la mujer que había dentro de ella. Y, de repente, deseaba más.

Había logrado hacerle perder el control sencillamente abrazándola y, entre las seductoras sombras del manantial, eso la había asustado. Pero allí, a la luz del día, que le diera la espalda la enfurecía.

Nadie iba a darle la espalda, pensó, levantándose y limpiándose el polvo del pantalón para que él lo viera.

En unos segundos había descubierto algo sobre Dario di Sirena, pero mucho más sobre sí misma y era hora de empezar a ser sincera. Dario la había besado cuando aceptó comer con él a solas en un sitio romántico. ¿Qué esperaba que ocurriera? Él había hecho lo que parecía hacer por costumbre, con diferentes mujeres.

Debería haber rechazado amablemente su invitación usando cualquier excusa, pero no lo había hecho y tenía que enfrentarse con las consecuencias.

Mientras el sol caía a plomo sobre su cabeza, Josie tuvo que reconocer que había estado preguntándose cómo sería besar a Dario desde la primera vez que lo vio.

Era hora de poner a prueba su fuerza de voluntad, se dijo.

Oficialmente, estaba allí para trabajar y eso sería más fácil contando con la ayuda de Dario. Debía controlar su deseo y hacer lo que había ido a hacer, pensó mientras bajaba por la ladera.

Dario estaba ajustando el arnés de su caballo, dispuesto a alejarse de la escena del crimen, cuando volvió la cabeza y vio a Josie casi corriendo hacia él.

–Espero que no creas que vuelvo contigo.

–No, pero espero que hayas vuelto para aceptar mis disculpas –dijo él, tomando el sombrero de paja que había quedado tirado sobre la hierba.

Josie vaciló, sin saber si era sincero o estaba burlándose de ella. Nerviosa, se puso el sombrero y Dario levantó una mano para colocárselo apropiadamente.

–Así está mejor. Como he dicho, no debes salir sin sombrero.

Su tono era tan frío como el agua del manantial, en contraste con los ardientes besos que habían compartido unos minutos antes. Pero, aunque estaba enfadada, Josie volvió a sentir que se le doblaban las rodillas bajo su penetrante mirada.

–No debería haberme comportado así –le confesó Dario.

–Yo tampoco.

Él dio un paso atrás, poniendo cierta distancia entre los dos.

–Y luego yo he empeorado la situación equivocándome de nombre. Te pido disculpas –Dario se aclaró la garganta–. Arietta era mi prometida. Murió hace unos años en un accidente... –no terminó la frase y Josie lo vio respirar profundamente, como intentando calmarse–. Pensé que había dejado eso atrás por fin, pero por lo visto no es así.

Ella lo miró, intentando no traicionar sus sentimientos. Aparentemente, Dario había sufrido más que ella.

–Lo entiendo y también yo lo siento. Ha sido tan culpa mía como tuya. Nos hemos dejado llevar, eso es todo.

Él asintió con la cabeza.

–Hay que ser muy valiente para volver a arriesgarse después de lo que te pasó, Josie.

Tenía razón, pero no había esperado que Dario lo reconociera.

–Aprendí hace tiempo que no sirve de nada huir de los problemas y no volveré a cometer el mismo error.

–No, ya lo imagino –asintió él.

«Debo de estar perdiendo la cabeza», pensó Josie. Después de besarlo como una loca, volvía a actuar como una aburrida profesora...

Sus besos habían hecho que volviera a sentirse como una mujer después de muchos años. Había olvidado lo maravillosa que era esa sensación y quería experimentarla de nuevo. Lo antes posible.

Pero, si le dijera lo que estaba pensando, sería como despedirse de su investigación y no podía hacer eso.

–En fin, te dejo con tu trabajo –dijo Dario, montando en su caballo–. Pero la próxima vez que tengas un rato para hacer algo espontáneo, házmelo saber –añadió, a modo de despedida.

Luego, espoleando a Ferrari, se alejó hacia la casa.

Josie se quedó mirándolo, perpleja. Debería molestarle que pareciese capaz de leer sus pensamientos, pero en lugar de eso se sentía extrañamente vacía. El maravilloso calor que Dario había despertado dentro de ella desapareció mientras se alejaba.

Pero Josie sabía que nunca moriría del todo.

Capítulo 5

DARIO galopaba a toda velocidad hacia los establos y, una vez allí, saltó del caballo y dejó que uno de los mozos se ocupase del animal.

Su refugio favorito en los momentos de crisis era el arte, de modo que entró directamente en su estudio, cerró la puerta y se apoyó en ella, respirando agitadamente.

Desde que Arietta murió había ido de mujer en mujer, pasándolo bien, pero sin quedarse con ninguna durante demasiado tiempo. Hacer otra cosa era impensable y siempre se alejaba antes de encariñarse con alguna.

Tal vez otros hombres lo envidiaban, pero esa actitud despreocupada era en realidad una máscara.

Hasta aquel momento, nunca le había importado lo que pensaran los demás. Salía todos los días con una sonrisa en los labios y eso era suficiente para hacerlos creer que era feliz, pero aquel día la luz del sol había iluminado algo más que el paisaje. Había apartado las sombras del sitio más privado, un sitio tan oscuro que ni siquiera Dario conocía todos sus secretos, destruyendo ese escudo de despreocupación.

¿Por qué?, se preguntó.

Por la doctora Street.

Sus besos lo habían hecho perder la cabeza. Se había dejado capturar por el placer del momento, de esa mujer, como no lo había hecho en años; más excitado que nunca, abrumado hasta el punto de casi perder el control.

Y se sentía avergonzado. Por un momento, había olvidado a Arietta y cuando Josie se alejó después de aquel beso espectacular, había sido incapaz de seguirla. En lugar de eso, había soltado una larga lista de palabrotas, furioso consigo mismo.

Se había acostado con muchas mujeres después de Arietta y nunca había mencionado su nombre mientras estaba con otra. ¿Qué había ocurrido aquel día para que pronunciase el nombre de su difunta prometida?

Tal vez Josie era diferente a las demás mujeres, pensó. Desde luego, tenía algo que a las demás les faltaba. Para empezar, parecía seria e incluso tímida, pero él intuía que era una mujer ardiente. Las mujeres que solían competir por sus atenciones jamás escondían su pasión, de hecho intentaban usarla como cebo.

Josie, sin embargo, intentaba esconder la suya.

En ese aspecto, se parecía a Arietta. En general, Josie se mantenía silenciosa y distante, pero, después de los besos que habían compartido, eso ya no lo engañaba. Los besos habían despertado a la tigresa que llevaba dentro, pero Dario sabía por instinto que, si se aprovechaba de esa pasión, Josie nunca se perdonaría a sí misma. Ni a él.

Y había otra razón por la que debía apartarse.

El tiempo había nublado el recuerdo de Arietta,

pero por alguna razón Josie lo había despertado a la vida. Ella lo atraía como no lo había atraído otra mujer en todos esos años, pero no pensaba volver a entregar su corazón y sospechaba que, si seguía viéndola, eso era lo que iba a ocurrir.

Durante el resto del día, Josie no pudo dejar de pensar en Dario. Sus sentidos parecían dispuestos a buscarlo continuamente y, mientras practicaba su italiano con los trabajadores de la finca, se preguntaba dónde estaría y qué estaría haciendo...

Mas tarde, cuando volvió a su habitación para ordenar sus notas, por fin lo descubrió.

Cuando las sombras de la tarde se alargaban, oyó el rugido de un poderoso motor bajo su ventana y, al asomarse, vio un precioso deportivo de color azul oscuro bajando por la avenida de tilos. Y eso le dejó bien claro que la reacción de Dario a su encuentro era muy diferente a la suya.

De hecho, seguramente ya se había olvidado de ella y se iba a la ciudad, de fiesta.

Los días siguientes fueron una horrible mezcla de rutina y negación para Josie. No podía dejar de pensar en Dario y por mucho que intentase olvidarlo no era capaz.

Cada vez que pensaba en él, su pulso se volvía loco y lo único que podía hacer era trabajar sin descanso, tachando tareas por hacer como un diapasón.

Por las noches caía rendida en la cama, satisfecha con lo que había conseguido. Era una rutina con la que había conseguido todo lo que buscaba en la vida y que, además, era un escudo para su dolorido corazón y ocultaba su recién descubierta libido.

Pero en cuanto cerraba los ojos, el sonido del motor de su deportivo alejándose hacía que el recuerdo de Dario fuese más vívido.

Casi podía sentir las manos de Dario en su cintura, su mejilla rozando la suya, el roce de sus dedos, los besos despertando sus sentidos...

Se decía a sí misma que era una distracción que no podía permitirse, pero eso, que había sido suficiente para ella después de Andy, no era suficiente con Dario.

Aunque sus caminos habían dejado de cruzarse después de aquel encuentro en el bosque, Josie quería que supiera que era porque estaba trabajando y no solo escondiéndose de él. Pero, aunque intentaba olvidarlo, pasaba la mitad del tiempo mirando por encima de su hombro.

Era como una recelosa gacela en la planicie africana, siempre alerta, esperando a que el león la atacase en cualquier momento.

Pero pasaba el tiempo y él no aparecía, de modo que decidió seguir con su rutina y casi consiguió olvidarse de Dario, o al menos olvidar un poco su frustración.

Pero una noche Dario apareció mientras ella estaba limpiando la tierra de uno de sus últimos hallazgos. Nerviosa, se incorporó, apartándose el pelo de la cara. Sin un espejo, esperaba no estar empeorando la situación.

—Hola —lo saludó.

—Hola —dijo él, bajando del caballo.

A pesar de su aprensión, Josie no pudo evitar mirar la silla para ver si llevaba otra cesta de merienda. Pero no era así.

—Me preguntaba dónde estarías.

—Vivo aquí, ¿recuerdas? –Dario sonrió.

—Lo sé, el ruido de tu coche me despierta todas las noches.

—Pero la luz de tu habitación siempre está apagada –dijo él–. He venido a darte un mensaje, por cierto.

—¿Un mensaje?

—Ha llamado Antonia, viene mañana –Dario miró los dibujos que había hecho en su cuaderno–. Por cierto, me gusta este dibujo. Es artístico y muy acertado. Está claro que eres una mujer de muchos talentos.

Josie intentó disimular el placer que le proporcionaba el cumplido, pero sintió que le ardía la cara.

—Uno aprende a hacer de todo cuando se dedica a la investigación. Siempre he sido aficionada al arte, pero aparte de estos bocetos ya no tengo tiempo para nada.

—¿Has pensado convertir estos bocetos en un cuadro? Podría ser una idea interesante.

—Sí, tal vez, pero la verdad es que sería una pérdida de tiempo. Los profesores que leen mis trabajos no estarían interesados.

—Vamos, Josie, no seas tan derrotista. Eres una mujer con mucho talento. ¿Por qué contentarte con menos de lo que puedes hacer?

Josie enarcó una ceja.

—¿Y por qué sabes tú que esto podría interesarle a alguien?

–Porque los dibujos son buenos.

–Pareces muy seguro.

–Llevo estudiando arte el tiempo suficiente como para saber cuándo algo es bueno de verdad. Deberías tener más confianza en ti misma.

Josie tuvo que disimular una sonrisa al ver que apartaba la mirada. Según Antonia, su hermano Darío era un famoso seductor, pero en aquel momento, tal vez avergonzado por su entusiasmo, casi parecía un colegial.

–Con un talento artístico como el tuyo, podrías tener más público.

–¿Más público?

–Un buen trabajo artístico llamaría la atención de personas que normalmente no comprarían un libro de arqueología. Yo, por ejemplo.

Josie se mordió los labios.

–¿Lo dices en serio?

–Por supuesto. Y seguro que otros pensarían lo mismo –afirmó él.

Y parecía convencido, pero su sonrisa despertó el recuerdo de su encuentro en el manantial y Josie se apartó para colocar meticulosamente una pila de papeles.

–No sé... la verdad es que no tengo ni tiempo ni material.

–Deberías encontrar tiempo. Al fin y al cabo, sería parte de tu trabajo y no sentirías que estás perdiendo el tiempo. Y en cuanto al material, yo puedo darte lo que necesites.

–Es muy amable por tu parte, pero no tengo tiempo.

–Esta finca ha esperado dos mil años a que llegaras con tus brochas y tus paletas y no se va a mover de aquí. La luz y el paisaje es algo que debe ser capturado cuando ocurre y mientras dura. Como la felicidad, la risa...

Dario alargó una mano hacia ella y Josie dio un respingo cuando pensó que iba a acariciar su mejilla, pero él bajó la mano.

—Veo que te has recuperado... del calor —le dijo, con una sonrisa irónica—. Y como ya he hecho lo que venía a hacer, te dejo con tu trabajo. Adiós, Josie, pero no olvides lo que he dicho: disfruta del momento. Si esperas demasiado, se te escapará entre los dedos y lo lamentarás para siempre.

—Pareces muy seguro de lo que dices —replicó ella, riendo.

Pero Dario estaba muy serio.

—Sé que la vida pone obstáculos en nuestro camino —respondió por fin, encogiéndose de hombros—. El trabajo es un gran refugio, pero uno tiene que mantenerlo en perspectiva.

—No te entiendo.

—Yo llevo años trabajando para dejarle a Fabio la finca en buen estado... y antes solía concentrarme solo en esa tarea, pero esa no es forma de vivir.

—¿Fabio? Pero el hijo de Antonia no es tu hijo —Josie se mordió los labios después de decirlo—. Perdona, sé que no es asunto mío...

Él se quedó callado un momento, como intentando decidir si debía explicárselo o no, pero entonces volvió a ponerse la máscara y, para desilusión de Josie, volvió a ser el encantador playboy.

—Tienes razón, los dos tenemos trabajo que hacer,

así que te dejo con tus cosas –le dijo, antes de subir al caballo.

A partir de ese momento, Josie no podía dejar de preguntarse por qué habría hecho a Fabio su heredero. Dario solo tenía unos años más que ella. ¿Por qué siendo tan joven estaba tan seguro de que no tendría hijos propios? ¿Tendría algo que ver con su misteriosa prometida? Josie no sabía si quería conocer la respuesta a esa pregunta, pero esas palabras se repetían en su cabeza como un rompecabezas que no podía resolver.

No dejó de darle vueltas durante el resto del día, pero el peor momento llegó por la noche, mientras intentaba dormir, cuando el ruido de su coche la despertó de nuevo. Ese deportivo que cada noche se lo llevaba del castillo, dejándola sola y afligida...

Dario y el recuerdo de sus besos habían despertado en ella un ansia que no la dejaba descansar y, sin poder evitarlo, se levantó de la cama para ver los faros del coche alejándose por la avenida de tilos.

Dario se dirigía a Florencia, con sus tentaciones y sus distracciones. Allí tendría un millón de amigos y seguramente nunca estaría solo, pero algo la hacía pensar que, en el fondo, él estaba tan solo como ella.

La curiosidad la mantuvo despierta hasta que lo oyó volver a altas horas de la madrugada. Pero la falta de sueño significaba que despertaría tarde al día siguiente y eso la puso de mal humor. Sabía por experiencia que el tiempo perdido no se podía recuperar. Y, además, temía que Dario hubiese llevado a alguna de sus conquistas al castillo.

Pero no debería haberse preocupado. El castillo y

la finca estaban prácticamente desiertos mientras recorría el medio kilómetro que la separaba de su excavación, al lado del molino de aceite.

Josie trabajó hasta que el sol estaba alto en el cielo y entonces oyó el ruido de un coche. Era la limusina de la familia Di Sirena, que se detuvo entre el camino y la carretera.

–¡Josie! –escuchó una voz familiar.

Antonia corría hacia ella con varias bolsas en la mano. Gordita y guapa, Toni tenía el entusiasmo de un cachorro y Josie salió de su zanja para abrazarla.

–¡Qué alegría!

–Yo también –dijo Antonia, sin aliento–. Estaba deseando verte.

–¿Qué llevas ahí? –preguntó Josie, señalando la bolsa que llevaba en la mano.

–He traído algunas cosas...

–¿Un biquini de color naranja? No será para mí, ¿verdad?

–Dario me dijo que necesitabas uno –respondió Antonia, sonriendo de oreja a oreja–. Según él, no te gusta el agua y eso no puede ser.

–Si voy a una piscina con tu hermano llevando ese biquini, ahogarme sería la última de mis preocupaciones –replicó Josie, burlona.

–No vas a ahogarte. Mi hermano te salvaría.

Ella hizo una mueca.

–¿No me digas que has dejado a Fabio en Rimini?

–No, no. Dario estaba esperándonos en la verja con su caballo, Ferrari. Ha llevado uno de los ponis favoritos de mi hijo, así que han vuelto a casa cabalgando...

—¿Uno de sus ponis favoritos? —repitió Josie—.
¿Cuántos ponis puede tener un niño?

Antonia puso los ojos en blanco.

—No tengo ni idea. A Dario le gusta tener varios
en la finca —respondió, con una sonrisa de culpabilidad—. Puede que el dinero no pueda comprar la felicidad, pero hace que los problemas se resuelvan rápidamente.

—Desde luego.

—Bueno, cuéntame, ¿te llevas bien con mi hermano?
Él no me ha contado nada.

—¿Por qué iba a hacerlo? Solo soy una invitada —Josie volvió a su zanja para que Antonia no pudiera ver
su expresión.

—Podrías conocerlo un poco mejor en la fiesta de
mañana.

—¿Una fiesta?

—Dario ha decidido dar una fiesta para celebrar
nuestro regreso de Rimini. Ha invitado a todo el mundo
y será muy divertida. Bueno, las fiestas de mi hermano
siempre lo son.

—Afortunadamente, yo estaré en la cama para entonces.

Antonia frunció el ceño.

—Ya sé que no eres demasiado sociable, pero podrías hacer una excepción esta vez. Venga, hazlo por
mí. En las fiestas de mi hermano siempre hay cosas
divertidas: subastas benéficas, juegos...

Josie hizo una mueca.

—Ya sabes que no me gustan las fiestas.

—Pero todo el dinero es destinado a causas benéficas y de verdad lo pasarás bien. Además, la comida

es fabulosa... bueno, eso ya lo sabes –Antonia señaló la cesta que preparaban para ella en la cocina todos los días, con tanta comida que nunca podía terminarla.

–¿Quieres comer algo?

–Sí, por favor, estoy muerta de hambre. Pero no te puedes perder la fiesta de Dario, en serio –insistió Antonia.

–La verdad es que no me ha invitado.

–Josie, tú eres una amiga de la familia. Puedes acudir sin que nadie te invite.

–No, mejor no –insistió ella, incómoda–. Tengo que catalogar todo lo que he encontrado hoy. Además, tú sabes que he venido aquí exclusivamente para trabajar.

Aunque, en secreto, desearía que Dario fuera a sacarla de allí.

Capítulo 6

ANTONIA prometió volver para ayudarla a catalogar sus hallazgos cuando Fabio estuviera durmiendo la siesta, tarea nunca fácil con el niño.

Cuando un reluciente cuatro por cuatro con el logo de la familia Di Sirena se dirigió a la excavación, Josie pensó que Antonia por fin había logrado liberarse, pero no era su amiga. Un empleado salió del coche con una bolsa transparente en la mano y Josie vio que estaba llena de material de dibujo.

–Dele las gracias al conde de mi parte –le dijo.

Cuando se quedó sola, respiró el familiar aroma a lápices nuevos, pinceles, ceras y cuadernos. Estaba deseando ponerse a pintar.

¿Por qué no?, pensó, contenta ante la idea de hacer algo que no estuviera en su lista de tareas. El propio Dario la había animado a hacerlo y, si él pensaba que era lo bastante buena... en fin, era la opinión de un extraño. Además, la hacía sentir mejor que los halagos sobre su labor profesional porque era algo personal.

Y cuando vio un sobre blanco entre un cuaderno de dibujo y una caja de acuarelas, empezó a sentirse realmente especial.

Con el corazón acelerado, Josie tomó el sobre, con el logo de la familia Di Sirena y escrito a pluma. Iba dirigido a la doctora Street y sellado por un lacre rojo con el escudo de la familia.

Josie lanzó un silbido de admiración. Era casi tan grandioso como un manuscrito medieval. Dentro encontró una tarjeta que decía:

Querida Josie, aquí te envío unas cuantas cosas que he comprado para ti. Si necesitas algo más, dímelo.

El sobre incluía una invitación formal para la fiesta, una tarjeta preciosa con filo de oro en la que leyó:

El conde Dario di Sirena solicita el placer de su compañía durante el baile benéfico del 18 de julio, que se celebrará en el castillo familiar. Se ruega traje de etiqueta.

Josie sacudió la cabeza, incrédula. Aquello era asombroso. Una invitación oficial para una fiesta, como en las películas. La tarjeta era tan bonita que casi la hacía desear tener valor para ir. Y la idea de ver a Dario de esmoquin...

Pero no, era absurdo.

Dario la ponía nerviosa cuando iba vestido de calle y la fiesta estaría llena de personas a las que no conocía y con las que no tendría nada en común. Y tener que soportar eso en compañía de Dario sería insoportable.

Aunque era lo bastante sincera consigo misma

como para reconocer que esa no era la única razón. Si su corazón se había puesto en peligro cuando se besaron en el manantial, ¿qué pasaría en una fiesta, cuando él estuviera en su elemento rodeado de amigos y con una copa de champán en la mano?

Era como si esa invitación la tentase a salir del mundo que conocía, el mundo en el que se sentía segura.

Josie miró la preciosa invitación durante largo rato, pensativa. Pero luego volvió a guardarla en el sobre con un suspiro de resignación. Tendría que decirle que no iba a acudir a la fiesta... pero no cara a cara. Si lo hacía de ese modo, no sería capaz de decirle que no.

De modo que sacó su móvil para llamar a la casa y cuando respondió un empleado dejó escapar un suspiro de alivio.

–Solo llamo para decirle al conde que no podré asistir a la fiesta.

El hombre le dio las gracias amablemente y Josie miró el móvil, entristecida. Rechazar la invitación de Dario era descorazonador, pero que su negativa fuese aceptada por un empleado era mucho más triste.

Dario frunció el ceño mientras miraba la nota que le había pasado su ayudante. El mensaje representaba una novedad para él y, como ocurría últimamente, la responsable era Josie.

Hasta los que se encontraban enfermos solían salir de la cama para acudir a sus fiestas, pero ella estaba perfectamente la última vez que la vio.

Dario sonrió, pensando en ella. No le parecía bien que se negase a sí misma un poco de diversión. Debería aprovechar la oportunidad de divertirse mientras estaba allí.

De modo que la llamó al móvil.

–Todo el mundo da saltos de alegría ante la oportunidad de acudir a una fiesta en el castillo –le dijo, a modo de saludo.

–Lo siento, Dario. Las fiestas no son lo mío.

Parecía insegura y él decidió no rendirse tan fácilmente.

–Sé que no te gustaba la vida social en Rimini, pero esto será diferente.

–No, no lo será. A menos que tu círculo de amistades sea diferente o esté compuesto por arqueólogos.

–*Maledizione!* ¿Cómo no se me ha ocurrido eso antes de enviar las invitaciones? Podría haber incluido a todos los empleados del Museo Nacional –dijo él, burlón–. Pero no olvides que habrá otra arqueóloga en la fiesta, Antonia.

–Y estoy segura de que a tu hermana le encantará hacer de anfitriona, así que no quiero molestar. Lo siento, Dario, pero prefiero no ir. Tal vez en otra ocasión.

–¿Y cuándo tendrá lugar esa próxima ocasión?

–Pues... no lo sé. No creo que la haya.

–¿Estás segura?

–Me temo que sí. Agradezco mucho que me hayas invitado, pero es mejor que deje las fiestas para aquellos que sepan apreciarlas –dijo Josie, incapaz de disimular una nota de anhelo en su voz.

–Muy bien.

Dario no dijo nada más y ella hizo una mueca.

–¿Sigues ahí?

–Estaba esperando que cambiases de opinión.

–Al menos debo darte puntos por tu insistencia, pero no puede ser.

–De acuerdo –dijo él, asintiendo con la cabeza–. Hasta pronto, Josie.

Durante todos esos años, tras la muerte de Arietta, Dario había recordado su ultima pelea incontables veces. Había jurado no volver a cometer el mismo error y, por el momento, no lo había hecho. Si una mujer decía irse por su camino, le parecía bien. Si Josie quería marcharse, le abriría la puerta y le diría adiós.

Pero ella no parecía convencida del todo. De hecho, era casi como si estuviera esperando que insistiera. Mascullando una palabrota, Dario decidió que necesitaba una distracción.

–Voy a salir a cabalgar un rato –dijo, para cualquiera que estuviese escuchando, dejando a sus empleados revisando su agenda a toda prisa.

Una vez en los establos, tomó la silla de Ferrari, pero después de pensarlo un momento volvió a dejarla en su sitio y, subiendo a la grupa del caballo, salió del establo al galope.

Estaba de mal humor y parecía estar transmitiéndoselo al animal, que corría a toda velocidad. Iba tan perdido en sus pensamientos que solo después de un rato se dio cuenta de lo lejos que habían llegado.

Veía la carretera a lo lejos, de modo que iban hacia el viejo molino de aceite... y hacia la excavación de Josie.

¿Ya ni siquiera podía galopar por el campo sin acabar buscándola?, se preguntó.

¿Por qué no podía aceptar que Josie no quería saber nada de él? ¿Y por qué no podía dejar de pensar en ella?

El problema de la doctora Josie Street era que no podía ver más allá de su trabajo. Faltaba tanta diversión en su vida que no parecía saber lo que significaba esa palabra. No solo se había negado a ir a la fiesta, sino que se lo había dicho por teléfono en lugar de decírselo a la cara. Tenía que ocurrir algo, algo que la empujaba a ser tan obstinada.

Decidido a descubrir qué era, Dario tomó una decisión: haría que Josie se relajase y disfrutara de su estancia en el castillo aunque tuviera que estar a su lado cada minuto del día, supervisando lo que hacía a cada momento.

Y cada movimiento, pensó, recordando la camiseta mojada.

Tenía dos opciones: volver al estudio para aliviar su frustración en un nuevo cuadro o seguir adelante y darle a la doctora Josephine Street una experiencia que no olvidase nunca.

El resultado estaba cantado.

Dario sacó el móvil del bolsillo para llamar a Antonia y luego golpeó los flancos de Ferrari con los talones para llevarlo hacia el molino de aceite.

Al principio, el sonido era solo una pequeña molestia en aquel caluroso día de verano. El interminable canto de las cigarras bajo el ardiente sol de la Toscana absorbía el ruido hasta que notó una vibración bajo los pies. Eran los cascos de un caballo...

Josie soltó su paleta y levantó la mirada, alerta. Y cuando el tintineo de un arnés se unió al sonido de los cascos, salió de su zanja.

El sol hacía brillar el polvo que levantaban las patas del animal y Josie puso una mano sobre sus ojos a modo de pantalla. No podía ver al jinete desde allí, pero no tenía que verlo para saber quién era: Dario.

El tiempo pareció detenerse en cuanto vio su despeinado cabello oscuro, su piel bronceada y la inmaculada camisa blanca. Cuando llegó a su lado y casi podía respirar el olor de su piel se preguntó si la capacidad de articular palabra la había desertado por completo.

Era hora de descubrirlo.

—Hola, Dario —logró decir, después de aclararse la garganta.

—Hola, Josie.

El acento italiano hacía que su nombre sonase más exótico que nunca.

—¿Has venido porque he rechazado tu invitación?

Él irguió la espalda como un digno aristócrata.

—No, esa es tu decisión. Esto no tiene nada que ver con la invitación a la fiesta, pero sí tiene que ver contigo.

La frialdad de su tono hizo que Josie se agarrase al palo del toldo, como si fuera el mascarón de proa de un barco, sujetándose al único punto que le daba cierta estabilidad cuando su mundo se ponía patas arriba.

–¿Qué quieres decir?

–He venido para llevarte a casa.

Ella se pasó la lengua por los labios.

–¿Por qué? –le preguntó, su voz apenas un suspiro.

–Antonia necesita tu ayuda –respondió Darío.

Convencida de que iba a admitir que la deseaba, Josie tuvo que contener un suspiro de decepción mientras soltaba el palo de aluminio y dejaba caer las manos a los lados.

–He venido para llevarte a casa –anunció Darío, pasando una mano por la crin de su caballo.

–No lo dirás en serio.

La idea de volver al castillo a caballo la asustaba más de lo que quería reconocer. Darío la vio mirando los flancos del animal y su silencio le dijo más de lo que podría haber dicho con palabras.

–No me digas que no sabes ni nadar ni montar a caballo.

–Cuando uno está buscando cosas en el suelo no tiene tiempo ni para lo primero ni para lo segundo.

–Da igual, es fácil. Además, seré yo quien lleve al caballo, tú solo tienes que agarrarte a mí.

Josie levantó la mirada.

–¿Quieres que me siente detrás de ti?

–Claro.

–Ah –murmuró ella, su voz apenas un suspiro. Pero la emoción que recorría sus venas era más fiera que el ardiente sol del verano.

Darío contuvo un suspiro. Si la hubiese tomado entre sus brazos sin decir una palabra, ella no se habría quejado, pensó mientras llevaba al caballo hacia la sombra de un viejo olivo.

–Puedes apoyarte en el tronco para subir a la grupa.

Josie miró el árbol, pensativa. Pero, como no había alternativa, apoyó un pie en el tronco y se sujetó a la rama más cercana mientras Dario acercaba el caballo un poco más. Tenía miedo, pero no pensaba decirlo en voz alta.

–No pienses. Pon las manos sobre mis hombros y salta.

Josie recordó el manantial y recordó también ese momento de emoción, cuando cayó al agua y Dario la sujetó... para abrumarla con unos sentimientos que la habían torturado desde entonces.

Y estaba empezando a ocurrir otra vez.

Sentada a horcajadas sobre el caballo, Dario parecía absolutamente seguro de sí mismo. No resultaba amenazador, pero sabía que estaría a solas con él, a merced de un hombre en su terreno.

Pero tenía razón. No iba a pasar nada, se dijo a sí misma.

Armándose de valor, Josie hizo lo que Dario le pedía y se encontró sentada tras él sobre la grupa de Ferrari, tan asustada que apenas podía respirar.

–Relájate. Te aseguro que esta es la mejor manera de viajar.

El tono alegre de Dario hizo que se sintiera un poco más segura, pero solo un poco.

–Solo cuando uno está acostumbrado a ello, imagino.

–Te sentirás más segura si te abrazas a mi cintura.

–¿De verdad?

Su miedo era tan evidente que Dario soltó una carcajada.

–Prueba y verás.

Josie tuvo que armarse de valor para apartar las manos de sus hombros y ponerlas en su cintura.

–No me voy a romper, puedes apretar todo lo que quieras –dijo él.

–¿Por qué tu caballo se llama Ferrari? –le preguntó mirando hacia el suelo, que parecía estar aterradoramente lejos.

–Porque es muy rápido y peligroso... si no sabes llevarlo –respondió Dario.

Josie hizo un esfuerzo para no apretarse contra su espalda, pero era imposible. El calor de su cuerpo le pedía que se apretase contra él, sin la molestia de la ropa.

–¿Te sientes segura?

–¿Comparado con qué? –le preguntó ella–. ¿Va a ser peor a partir de ahora?

–No te preocupes –dijo él–. Relájate, Josie, no va a pasar nada.

La profunda voz de Dario la animaba. Su confianza era contagiosa y, poco a poco, empezó a relajarse. Pero la superficie sobre la que estaba sentada, Ferrari, empezó a moverse entonces y Josie se agarró a la cintura de Dario con todas sus fuerzas.

–¿Mejor?

–Pregúntamelo cuando haya desmontado.

–Un sencillo «sí» hubiera sido suficiente, doctora Street.

–No te rías de mí.

–No, eso nunca. Quiero distraerte un poco. Disfrutarás más si te relajas.

–Yo no estoy tan segura.

–Mira... –Dario señaló una golondrina volando sobre sus cabezas–. Nunca verías eso desde el interior de un coche.

–No, pero sí puedo verlo mientras estoy trabajando a salvo en mi zanja.

–Solo con el pedacito de cerebro que no está concentrado en el trabajo. ¿Dónde está tu sentido de la aventura, Josie? De este modo, puedes disfrutar de todo lo que mi casa puede ofrecer –Dario hizo una pausa–. Normalmente, también yo voy a toda prisa de una reunión a otra, pero tomármelo con calma hace que aprecie la finca mucho más.

–Pero imagino que la conoces perfectamente. Antonia me ha contado que pasabais mucho tiempo jugando en la finca cuando erais niños.

–Porque era más seguro que quedarse dentro del castillo –respondió Dario–. Si nuestros padres estaban en casa, sus peleas nos afectaban a los dos. Si estaban fuera, haciendo algún crucero o esquiando, Antonia y yo podíamos hacer lo que quisiéramos... dentro de un orden. Dependía de los empleados que estuvieran trabajando en el castillo en ese momento.

–¿Por qué?

–Los mejores se marchaban hartos de vivir en ese caos y los malos eran despedidos tarde o temprano, de modo que nosotros corríamos por el campo en verano e íbamos de casa en casa en invierno. Dicen que hace falta todo un pueblo para criar a un niño y ese fue nuestro caso, desde luego.

Dario se quedó callado entonces y Josie se dio cuenta de que había dicho más de lo que quería. Y, a pesar de su deseo de preguntar, decidió permanecer en silencio, sujetándose firmemente a su cintura y mirando el campo desde aquella perspectiva.

–La gente de por aquí es muy amable –le dijo unos segundos después–. Siempre se paran para charlar conmigo.

–Pensé que no querías que te interrumpieran cuando estás trabajando.

–No siempre. Hay algo en este sitio que me hace querer saber algo más sobre la gente que vive aquí... la gente de ahora, quiero decir, no los que vivieron aquí hace siglos.

–Me alegro –Dario movió espontáneamente la mano hacia atrás para tocar su muslo. Fue un simple roce, pero provocó una ola de calor por todo su cuerpo.

Sin darse cuenta de lo que hacía, apoyó la mejilla en su espalda. Solo fue un momento, pero de inmediato le llegó el olor de su colonia masculina.

–Esto es maravilloso –murmuró, casi sin darse cuenta.

–¿Lo estás pasando bien, Josie?

Como siempre, su hermosa voz hizo que sintiera un escalofrío.

–Sí, la verdad es que sí. Esto es muy agradable.

–Me alegro mucho. Después de trabajar tanto, mereces unas cuantas horas libres.

Josie pensó en la fiesta. Se sentía a salvo con él y la tentación de aceptar sería irresistible si volviera a pedírselo, pero Dario parecía perdido en sus pensamientos y durante algún tiempo se limitó a escuchar

el ruido de las cigarras, el canto de los pájaros, el tintineo del arnés y el golpeteo de los cascos de Ferrari
sobre el suelo de tierra.

–Tienes razón, soy un hombre afortunado. Este sitio es maravilloso –dijo él por fin.

Capítulo 7

JOSIE estaba en el séptimo cielo. Cuando se acostumbró al suave ritmo del caballo, no se le ocurría nada mejor que estar tan cerca de Dario. Su cuerpo era tan cálido, tan fuerte, tan vital. Podía sentir el movimiento de los músculos masculinos bajo su mano y recordó la merienda en el manantial...

Y sus besos.

Josie cerró los ojos. Sus pechos rozaban la espalda de Dario, excitándola, haciendo que un fuego naciese dentro de ella.

–Puedes apoyarte en mí todo lo que quieras –dijo él–. Así te sentirás mejor.

Después de un momento de vacilación, Josie cerró los ojos hasta que llegaron al establo.

–Espera, te ayudaré –murmuró Dario, mientras el mozo de los establos sujetaba al animal.

La tomó por la cintura para ayudarla a bajar del caballo y solo cuando sus pies tocaron el suelo descubrió cuánto la había afectado la experiencia.

–No me sostienen las piernas –susurró. Dario la sujetó, apretándola contra él y, de repente, Josie quería que no la soltase nunca.

–Tranquila, yo no tengo prisa por ir a ningún sitio.

–Pero tú siempre tienes que ir a un sitio o a otro.

–Yo nunca abandonaría a una mujer con las piernas de mantequilla –replicó Dario, sonriendo.

«Va a pedirme otra vez que vaya a la fiesta y no puedo decirle que no», pensó Josie, sin aliento. En aquel momento no podría negarle nada.

Pero se había equivocado.

Un momento después, Dario la apartó suavemente.

–Hasta luego, Josie –se despidió.

Y luego desapareció.

Su fantasía de ir a la fiesta se rompió en pedazos. Intentó convencerse a sí misma de que no importaba, pero no era capaz. Suspirando, volvió al castillo para encontrarse con Antonia, pero no podía dejar de pensar en él.

¿Por qué no le había dicho que sí? ¿Por qué no había sido valiente por una vez? ¿Qué iba a hacer con su protegido corazón, guardarlo en un museo?

–Ahora que Fabio está dormido, podemos ir a Florencia –sugirió Antonia–. ¿Qué vas a ponerte mañana para la fiesta, por cierto?

–No voy a ir –respondió Josie.

–¿Por qué no? –exclamó su amiga, sorprendida.

–Tengo demasiadas cosas que hacer.

–Muy bien. Puede que tú quieras desaprovechar una noche de glamour y romance, pero eso no significa que yo tenga que hacerlo. Quiero que me ayudes a elegir un vestido para la fiesta y así podremos hablar sobre tu proyecto en el viejo molino de aceite. Te dije que allí había muchas cosas por descubrir y tenía razón, ¿verdad?

–Desde luego que sí –asintió Josie, que no estaba pensando en arqueología.

A pesar del día soleado, sentía como si todo hubiera perdido parte de su brillo.

–Me encantaría ir contigo a Florencia –asintió, intentando mostrar cierto entusiasmo.

–Estupendo. El chófer vendrá en unos minutos –dijo su amiga, con una sonrisa de oreja a oreja.

Ir de compras con Antonia en Italia era una experiencia nueva para Josie. En lugar de arrastrarse por centros comerciales llenos de gente, frustrada e irritada, aquella era una expedición a otro mundo.

El chófer fue a buscarlas en la limusina con aire acondicionado para llevarlas a Florencia y las dejó en el barrio de los diseñadores, con calles flanqueadas por árboles y elegantes terrazas frente a cada tienda.

Antes de que pudiera sentir el calor del sol, Antonia la llevó a la de su diseñador favorito y, para asombro de Josie, ni siquiera tuvieron que abrir la puerta ellas mismas. Un empleado abrió, saludando a su amiga como si fuera de la realeza, y Josie decidió que aquello debía de ser como cuando un emperador romano llegaba a un templo, solo que aquel edificio era mucho más opulento.

Se quedó mirando a un lado y a otro, abrumada por los marcos de pan de oro y las columnas de mármol hasta que Antonia tomó su mano.

–Ven, voy a presentarte a Madame. Ella me hace todos los vestidos cuando estoy en Florencia.

Madame era una parisina diminuta con zapatos de tacón de aguja, un vestido negro muy chic y el pelo sujeto en un elegante moño que movía las manos de uñas rojas como un matador moviendo su muleta ante un toro para llamar su atención. Cuando se la presentó, Josie se sintió tan abrumada que estuvo a punto de hacer una reverencia.

–No pongas esa cara, Jo –dijo Antonia, riendo–. Están aquí para atendernos, no al revés. Siéntate, toma un café, haz lo que quieras.

Josie se dejó caer sobre un elegante sofá y cuando Antonia pidió un café, ella hizo lo propio, aunque hubiera preferido una taza de té. Madame volvió poco después con un montón de vestidos hechos exclusivamente para su amiga y cuando se dio cuenta de que nadie estaba mirándola se relajó, poniéndose cómoda en el sofá y ofreciendo su opinión con toda confianza.

Una dependienta apareció entonces llevando un vestido con gesto casi reverente. Era de seda, del color verde más bonito que Josie había visto en su vida.

–Tienes que probártelo, Toni –la animó–. Con tu bonita piel morena, tendrías un aspecto muy exótico.

–¿Tú crees? –Antonia volvió el vestido a un lado y a otro–. No sé, el corte al bies no me sienta bien... ¿por qué no te lo pruebas tú? Te quedaría muy bien y haría juego con tus ojos.

–¿Yo? –exclamó Josie.

Aunque, en el fondo, le encantaría. Era imposible que una mujer pudiese rechazar tal oferta.

–Venga, te quedará precioso –insistió Antonia–. Sé que quieres hacerlo.

Josie rio a pesar de sí misma.

–Muy bien, de acuerdo –asintió, levantándose del sofá–. Lo haré.

Siguió a la empleada hasta uno de los probadores... que no era un probador como los de los centros comerciales que ella conocía, sino una habitación más grande que su apartamento en Inglaterra y tan elegante que quitarse la ropa allí casi le parecía algo natural.

Casi pero no del todo, pensó, poniéndose colorada.

Incapaz de mirarse al espejo mientras se desnudaba, se concentró en los vestidos que colgaban en las paredes del probador. Ver esas prendas tan bonitas la hacía desear ir a la fiesta. Por una vez en su vida habría dado cualquier cosa por arreglarse y mostrarle a Dario una cara completamente diferente de ella.

Si el único vestido decente que había llevado en la maleta no fuese tan viejo y no le quedase tan grande. Y si no tuviera tan malos recuerdos para ella...

Se lo había puesto el día de su fiesta de compromiso, pero la traición de Andy y su posterior dedicación al trabajo habían hecho que adelgazase mucho desde entonces. Había pensado que estaría bien para alguna cena privada en el castillo, pero eso fue antes de conocer a Dario. Después de eso, nadie la convencería para que se lo pusiera.

Cuando oyó que la dependienta dejaba escapar un gemido, Josie miró el vestido de arriba abajo, asustada.

—¿Qué ocurre? ¿Lo he rasgado?

La mujer negó con la cabeza, boquiabierta, y ella se quedó inmóvil al verse en el espejo. Era sencillamente perfecto.

Ella era perfecta, pensó, poniéndose colorada.

La dependienta, que fue la primera en recuperar la compostura, abrió la puerta del probador y dio un paso atrás, haciéndole un gesto para que saliera. El colectivo suspiro de admiración por parte de Antonia, Madame y todas las demás dependientas casi compensó las dudas que Josie había tenido durante toda su vida sobre su aspecto físico.

De innmediato, se sintió más alta, más bella, más segura de sí misma...

–¡Josie, estás guapísima! –exclamó Antonia.

–Sí, debo reconocerlo –asintió ella, un poco sorprendida porque no estaba acostumbrada a los halagos–. ¿Qué crees que dirían si apareciese con este vestido en el baile de la universidad?

–¡No dirían nada porque no podrían articular palabra!

Las dos rieron, pero Madame no parecía tan divertida.

–Ese vestido parece hecho para usted, doctora Street. Tiene que llevárselo.

–No... no sé si puedo. ¿Cuánto vale?

–Por favor, no tienes que preocuparte de eso –intervino Antonia.

–¿Cómo no voy a preocuparme del precio?

–Es un regalo... de cumpleaños. ¡Feliz cumpleaños! –dijo su amiga.

–Pero si no es mi cumpleaños.

Toni sonrió más enigmáticamente que la Mona Lisa.

–Lo sé –le dijo, con tono misterioso.

Aunque estaba deseando volver al castillo para probarse el vestido de nuevo, Josie obligó a su generosa amiga a ir también a una tienda normal donde podía gastar su propio dinero. Después de descubrir lo divertido que era ser espontánea, no había modo de pararla.

Y disfrutó mucho comprando un conjunto de ropa interior de satén, recordando que Dario le había dicho que lo avisara cuando quisiera hacer algo espontáneo.

Pues no sabía lo espontánea que podía ser.

«Puede que te sorprenda, conde Di Sirena».

—Podría ir a la fiesta —se oyó decir a sí misma.

—¿Qué? —exclamó Antonia.

Josie se puso colorada.

—¿Crees que debería ir?

Su amiga sonrió de oreja a oreja.

—Por supuesto que sí. Qué susto, pensé que iba a tener que llevarte a la fuerza.

—Pero he rechazado la invitación de Dario... y no una vez, sino dos.

—A mi hermano no le importará en absoluto, pero, si eso te preocupa, puedes ir como mi invitada. Le diremos que yo te he convencido.

—Tienes respuesta para todo —bromeó Josie.

Antonia embozó una sonrisa.

—Porque soy muy astuta.

Dario estaba en su estudio, intentando empezar un nuevo cuadro, pero no podía concentrarse. Había intentado encontrar alguna forma de ocupar su tiempo mientras Antonia y Josie iban de compras a Florencia, pero seguía extrañamente distraído.

Había salido a galopar sobre Ferrari otra vez, pero el paseo había sido inquietante porque recordaba los brazos de Josie en su cintura, su cuerpo apretado contra él. Sin darse cuenta, había ido al molino de aceite, donde ella tenía sus cajas de hallazgos colocadas bajo un toldo. Era su propia finca y había estado allí cientos de veces, pero aquel día se sentía como un intruso.

Allí estaban las cosas que él le había regalado y vio que había empezado a bosquejar algo en el cuaderno, pero no se atrevió a fisgar.

Poco acostumbrado a sentirse incómodo en su propia casa, Dario se había dado la vuelta para ir al manantial, pero ese era el sitio en el que la había besado...

La había conocido unos días antes y, sin embargo, no podía dejar de pensar en ella. Casi podía saborear la dulzura de sus labios y notar el calor de su cuerpo sin verla.

¿Qué le estaba pasando?

Esperando olvidarse de ella mientras pintaba, Dario pronto descubrió que no había nada que hacer. Empezó a pintar un retrato, pero las cosas fueron mal desde el principio. El objeto del retrato debería ser Arietta y, sin embargo, el boceto preliminar se parecía a otra mujer. Y esa mujer no era otra que la doctora Josephine Street.

Irritado, soltó la brocha para acercarse a la ventana y vio un coche negro subiendo por el camino.

Josie.

No, eran Antonia y «su amiga», se corrigió a sí

mismo, intentando contener la tentación de salir a darles la bienvenida.

Josie fue directamente a su habitación para sacar de las bolsas todo lo que había comprado en Florencia. Con cuidado, colocó el precioso vestido que Antonia le había regalado en una de las perchas forradas y lo llevó arriba, a la habitación que Dario llamaba el solario, para verlo mientras trabajaba.

Al menos, esa era la idea. Una vez que el vestido estuvo colocado frente a la ventana, Josie tuvo que hacer un esfuerzo para bajar y sacar el resto de las cosas. Antonia se había aprovechado de su emoción por el vestido y, al final, se había gastado una pequeña fortuna.

–Ya que has decidido ir a la fiesta, vamos a pasarlo bien –le había dicho–. Mi equipo de esteticistas irá al castillo para ponernos guapas.

Desde ese momento, Josie se había olvidado del trabajo.

Pasó más tiempo admirando su nuevo vestido de noche desde todos los ángulos que revisando sus notas. Aunque cada vez que pensaba en la fiesta se le encogía el estómago.

Por fin, decidió dejar de fingir que estaba revisando sus notas y volvió a tomar el vestido para admirarlo por enésima vez. Y cuando la criada entró en la habitación para abrir la cama, Josie no tuvo que preguntar si le gustaba.

–Va a ser usted el centro de atención en la fiesta, *signorina* –dijo la joven.

Josie no podía responder, preocupada por la lista de invitados, todos ricos y famosos. En realidad, pensaba pasar la noche escondida detrás de una columna.

Al día siguiente tampoco pudo concentrarse en el trabajo, pero no le importó. Las esteticistas ocuparon todo su tiempo y fue una delicia. Cada segundo que pasaba la acercaba más a la fiesta, al vestido y a Dario. Y pensar eso la puso tan nerviosa que apenas pudo probar la comida.

Después de un largo baño perfumado, recibió un masaje con aceite de rosa y, mientras estaba atrapada bajo los sabios dedos de la peluquera y la manicura, Antonia aprovechó el momento para sentarse a su lado.

—Me alegro tanto de que hayas decidido acudir a la fiesta, Jo. Nunca se sabe, puede que conozcas a un hombre alto, moreno, guapo e interesante.

Esa podría ser la descripción de Dario y, de repente, Josie tuvo miedo de que Antonia hubiera adivinado lo que sentía por él.

—La última vez que conocí a alguien interesante me rompió el corazón —le recordó.

—Andy Dutton no era ni alto ni guapo ni interesante —replicó su amiga.

Josie sacudió la cabeza, intentando no recordar la mayor desilusión amorosa de su vida.

—Por eso he decidido olvidarme de él y seguir adelante —anunció, sintiéndose mejor al decirlo en voz alta—. Solo lamento no haberme dado cuenta antes.

—Ya era hora de que lo olvidases —dijo Antonia.

—Lo sé, pero he decidido no volver a arriesgarme por el momento —insistió Josie. Pero, mientras hablaba, no dejaba de pensar en Dario.

¿Cómo podía decir que no quería arriesgarse y, sin embargo, sentir lo que sentía por él? No podía dejar de recordar los besos en el manantial, el calor de su cuerpo sobre el caballo...

–Muy bien, entonces esta noche lo único que debes hacer es pasarlo bien –sugirió Antonia.

Intentaría pasarlo bien, desde luego. Al menos, haría todo lo posible.

La peluquera sujetó su pelo en un moño alto, como si fuera una emperatriz romana, y la manicura le pintó las uñas de un irisado color madreperla que brillaba con el más ligero movimiento.

Antonia insistió en que se pusiera unos pendientes de diamantes de su joyero y unos zapatos de tacón altísimo de su enorme colección. Después de eso, el tiempo pareció detenerse hasta que apenas faltaba media hora para la fiesta y Toni empezó a moverse a su alrededor como una mariposa enloquecida.

–No sé cómo puedes estar tan tranquila.

–No lo estoy –dijo Josie, mirando su reloj por enésima vez.

En la habitación de Antonia, esperando que se anunciase la llegada de los invitados, se miró al espejo por última vez. Toni tenía razón: estaba irreconocible. Una sonrisa era lo único que necesitaba para estar absolutamente perfecta. Ruborizándose de orgullo, Josie apartó la mirada del espejo.

–Ni siquiera Dario va a reconocerte –dijo Antonia cuando una criada subió a decirles que empezaban a llegar los invitados.

Josie suspiró. Después de haber rechazado dos veces la invitación, allí estaba. Solo había hecho falta un vestido precioso y el deseo de demostrarle que también ella podía pasarlo bien cuando quería.

A pesar de los nervios, sentía como si estuviera viviendo un cuento de hadas.

¿Sería un sueño? ¿Estaría a punto de despertar?

El ruido de voces en el piso de abajo hizo que tragara saliva.

«Si puedo perderme entre la gente, tal vez no me sienta como un sacrificio humano».

Cuando bajaron al vestíbulo, todos se quedaron en silencio y, hasta que parecieron recordar sus buenas maneras para saludar a la anfitriona, Josie sintió muchos pares de ojos clavados en ella. Era el vestido, se dijo. Había sido una buena elección.

Antonia y ella se unieron al grupo de gente que atravesaba la galería de los retratos en dirección al salón de banquetes del castillo, todos maravillándose ante los ancestros de la familia Di Sirena.

–Creo que he cambiado de opinión. Preferiría estar en mi habitación trabajando –le dijo a Antonia en voz baja.

–Tonterías –replicó su amiga–. Vas a pasarlo muy bien, ya verás.

Suspirando, Josie intentó hacerlo, admirando los vestidos y los diamantes de las invitadas. ¿Por qué iba a fijarse Dario en ella? Josie no podía compararse con aquellas mujeres.

Claro que sí parecía sentirse impresionado cuando la besó, pensó, poniéndose colorada.

Las puertas del salón de banquetes se abrieron en ese momento y Josie miró alrededor. La gente le sonreía desde que apareció en la escalera e intentar esconderse no serviría de nada, de modo que tal vez debería aprovechar su momento de gloria. Sería una forma de practicar para el baile de la universidad.

Respirando profundamente, irguió los hombros y entró valientemente.

Había mucha gente en el salón, pero al único que miraba era a Dario, que estaba frente a la gran chimenea de piedra, hablando con una rubia que llevaba un vestido de satén rojo.

Dario la miró durante un segundo y luego apartó la mirada... para volver a mirarla un segundo después con cara de sorpresa.

Josie se quedó inmóvil, todas las frases simpáticas e ingeniosas que había pensado decir olvidadas por completo.

Estaba tan apuesto como había imaginado, con un esmoquin y una camisa blanca que destacaba su piel dorada y el brillo de sus ojos oscuros. Unos ojos que estaban clavados en ella.

Dario sonrió con un genuino gesto de alegría que aceleró su corazón. El deseo que había en sus ojos haciendo que deseara pasar los dedos por su pelo y besarlo de nuevo.

Naturalmente, no lo hizo. Se quedó inmóvil, sintiendo que le ardía la cara mientras Dario dejaba a su acompañante para tomar su mano y llevársela a los labios.

–Esta noche tentarías a un santo, Josie –le dijo en voz baja.

Ella levantó la mirada cuando los labios de Dario conectaron con su piel. En cualquier otro momento se hubiera apartado, pero aquel hombre era perfecto, la noche perfecta, todo era diferente.

«Voy a pasarlo bien en la fiesta», se dijo a sí misma, asombrada.

Nerviosa, comprobó que varios de los invitados sonreían ante la escena y cuando volvió a mirar a Dario él sonreía también, con su encanto de siempre.

—Gracias por acudir a la fiesta, doctora Street.

—Gracias a ti por invitarme.

—Sé que no te gustan las reuniones sociales y es un honor que hayas hecho una excepción por mí. Nunca había visto una mujer más bella o mejor vestida —dijo Dario—. Sin la menor duda, eres la mujer más bella de la fiesta.

Capítulo 8

JOSIE abrió la boca para decir algo, pero cualquier pensamiento sensato se había evaporado de su cabeza, de modo que la cerró de nuevo e intentó sonreír. Afortunadamente, esos músculos seguían funcionando a pesar del efecto que Dario ejercía en ella.

Nadie le había dicho nunca que fuese bella...

–Ven, voy a presentarte a los demás invitados. Ellos se encargarán de ti mientras yo cumplo con mis obligaciones como anfitrión.

Dario la llevó hacia una sonriente pareja que, a pesar de sus carísimos trajes de diseño, tenían la piel bronceada por el sol y una expresión alegre que a Josie le gustó inmediatamente.

–El *signor* y la *signora* Bocca tienen una finca próxima a la mía y su hijo, Beniamino, se ha ido a la universidad recientemente. La doctora Street podrá hablarles de la vida en la universidad, es profesora –les dijo, haciéndole un guiño a Josie.

La pareja sonrió.

–Antonia me ha dicho que trabajaste en Iowa el año pasado y nuestro hijo se ha ido a Estados Unidos con una beca –dijo la *signora* Bocca–. ¿Qué tal te fue allí?

Dario apretó su mano antes de alejarse, dejándola con la pareja. A pesar de su afable sonrisa, se sentía incómodo y, una vez más, era culpa de Josie.

Intentó entablar conversación con otros invitados, pero resultaba imposible concentrarse en la conversación mientras la miraba por el rabillo del ojo. Sabía que había tenido que reunir valor para acudir a la fiesta y estaba impresionado y aliviado al mismo tiempo porque había estado a punto de cancelarla en el último momento.

Viendo a Josie allí, podía admitir que su rechazo había pesado sobre él, pero en cuanto la vio aparecer en el salón todo cambió. Sencillamente, verla hacía que se sintiera feliz.

Después de unos minutos de aburrida charla con Tamara, la rubia, se dio cuenta de que le ocurría algo. Tamara era inteligente y encantadora, pero eso ya no era suficiente para él. Sería una conquista sin importancia y su conversación había perdido todo atractivo.

Dario se llevó una mano al cuello para aliviar sus tensos músculos. Había esperado que la fiesta lo relajase un poco, pero en aquel momento se sentía más tenso que nunca.

¿Qué había pasado? Sus invitados estaban pasándolo bien, Josie incluida...

Para eso estaban las fiestas, para que la gente lo pasara bien. Aquel día, en el manantial, le había dicho a Josie que no sabía pasarlo bien, pero esa noche no parecía ser cierto. Y aunque él no era el único que la miraba, afortunadamente ningún otro hombre parecía decidido a hablar con ella.

Josie era especial. Inteligente, encantadora, por no hablar de lo bella que estaba esa noche con aquel vestido. Lo único que tenía que hacer era acercarse y los demás hombres se apartarían.

«No la molestes», pensó. «Está pasándolo bien».

Se dio cuenta entonces de que Tamara había puesto una mano en su brazo y se apartó discretamente para besar a su hermana antes de seguir dando vueltas por la habitación.

Como anfitrión, su deber era comprobar que todos los invitados estaban pasándolo bien, no solo sus favoritos, pero lo único que anhelaba era a Josie; su compañía, su risa... todo.

Por fin, después de la hora más larga de su vida, tomó dos copas de champán de una bandeja y se dirigió hacia el grupo de gente donde estaba ella.

–Josie...

Ella sonrió y Dario aprovechó para poner una mano en su cintura mientras la besaba en la mejilla. Y Josie no se apartó ni dio un respingo.

–¿Lo estás pasando bien?

–Pensaba que no me reconocerías.

–Te reconocería en cualquier parte –replicó Dario.

Y era verdad. Era tan encantadora que no quería dejarla sola ni un momento. Nadie mejor que él sabía que el tiempo que un hombre pasaba con una mujer hermosa era un regalo.

Una palabra equivocada, un gesto de desaire y la felicidad se escapaba de las manos para siempre. Nada podría haberlo convencido de que volviera a pasar por lo que pasó cuando perdió a Arietta, pero tampoco estaba dispuesto a dejar que Josie fuera presa de alguno de sus invitados. Que un tesoro como ella cayese en las garras de otro hombre era impensable.

—Me alegro mucho de que hayas venido a la fiesta —le dijo, apretando su mano. Pero Josie no parecía estar escuchándolo y se dio cuenta de que miraba a Tamara, la mujer a la que había abandonado para ir a buscarla—. Es una conocida mía.

La rubia levantó una mano para lanzarle un beso.

—Pues no parece solo una conocida —murmuró Josie.

Dario sintió una punzada de satisfacción al saber que estaba celosa. Esa noche sería suya, pensó.

—¿Quieres que te la presente? Tamara y yo somos amigos desde hace años. Solo amigos.

El hermoso rostro de Josie se iluminó de alegría. Como si esa frase la hubiera hecho olvidar todos sus temores, dio un paso hacia él y el efecto fue instantáneo: Dario olvidó que había decidido tomarse su tiempo para seducirla. Quería poseerla y cuanto antes.

—Lo digo en serio. De verdad me alegra mucho que hayas venido a la fiesta.

—Me has dicho tantas veces que no sé pasarlo bien que no he tenido más remedio.

—Sé que no te gustan las fiestas, así que pensé que te encerrarías en la biblioteca esta noche. ¿Has visto la biblioteca del castillo?

—Sí, la he visto. Es muy... interesante.

Dario soltó una carcajada.

—Uno de mis antepasados compró libros al peso en el siglo XIX.

–Eso explica el extraño orden en el que están colocados.

–Los empleados no siempre colocan los libros en el orden adecuado después de que yo los haya sacado de las estanterías.

–¿Tú lees esos libros tan antiguos?

Él tomó un sorbo de champán.

–Sí, claro. Te invitaría a ir a la biblioteca conmigo en algún momento, pero imagino cuál sería tu reacción

–Nunca se sabe.

–¿Después de la merienda del otro día? –Dario enarcó una ceja.

–Esta noche he cambiado de aspecto –Josie se encogió de hombros–. ¿Cómo sabes que no he cambiado en todos los sentidos?

–Una sirena nunca puede olvidar el mar –respondió él.

Josie rio, levantando su copa.

–Debe de ser un champán muy bueno, no sé si he entendido esa frase.

–Con ese vestido, serías una sirena perfecta –Dario apartó un mechón de pelo de su cara–. Y en honor de esta ocasión especial, creo que debería ofrecerte un buen recuerdo.

Josie estaba tan emocionada por el brillo de admiración que veía en sus ojos que podría estar ofreciéndole la luna. Asintiendo con la cabeza, vio que le hacía una señal a un empleado, que desapareció para volver unos segundos después con un ramito de orquídeas blancas en la mano.

Dario tomó las flores y señaló el tirante de su vestido.

—Las flores más hermosas para la invitada más hermosa. ¿Puedo?

—Sí, por favor —respondió Josie.

Él dio un paso adelante para prender las flores al vestido.

—Ya está —murmuró, deslizando los dedos por su piel antes de apartar la mano.

Josie sintió un escalofrío, pero no hizo movimiento alguno para detenerlo. Ni siquiera cuando vio que él aprovechaba la oportunidad para admirar sus pechos bajo la tela del vestido.

—Sospecho que tus admiradores pronto intentarán llevarte a la mesa. Deja que yo me adelante.

Sin esperar respuesta, la tomó por la cintura para llevarla hacia el bufé, que era una fiesta para los sentidos, con ramos de flores entre las bandejas con el blasón de la familia Di Sirena en azul y dorado, pirámides de frutas tropicales, cestas de pan de todas las formas posibles, los mejores platos italianos, copas de cristal y cubertería de plata. Todo aquello era tan diferente a su vida en Inglaterra... y eso era precisamente lo que quería.

—Apenas has probado el champán —dijo Dario—. ¿Prefieres una copa de vino?

—No, no —Josie tomó un sorbo a toda prisa.

Estaba haciendo progresos, pensó él. De hecho, era como una hermosa mariposa saliendo de su crisálida. Se mostraba segura de sí misma esa noche, tanto como solía estarlo mientras trabajaba.

Siempre se sujetaba el pelo en una eficiente coleta, pero para la fiesta se había hecho un precioso moño. El vestido dejaba sus brazos y sus hombros al descubierto y el sol de la Toscana le había dado a su piel un tono dorado...

–Siento mucho haber rechazado la invitación –dijo Josie entonces–. La verdad es que nunca había disfrutado tanto en una fiesta.

La luz de las lámparas de araña acentuaba su tentador escote y el material del vestido era tan fino que sus peones se marcaban claramente bajo la tela. Dario podría perdonarle cualquier cosa en ese momento. De hecho, estando con ella se sentía más relajado que nunca.

Por contraste, Josie no podía permanecer quieta. Una vez que había tomado la determinación de pasarlo bien y olvidarse del trabajo, era como si su cuerpo hubiera despertado de una larga hibernación. La proximidad de Dario hacía que saltaran chispas y, aunque había muchos invitados frente a la mesa, ella solo podía mirar a Dario.

Casi le daba miedo mirarlo directamente, pero daba igual; cualquier movimiento hacía que le llegase el aroma de su colonia; el calor de su piel tentándola a acercarse un poco más.

Pero entonces la gente que se había reunido alrededor de la mesa los empujó sin querer y quedaron pegados el uno al otro. Josie sintió que Dario ponía una mano sobre su hombro para sujetarla y, sin poder evitarlo, se ruborizó.

–Siempre había pensado que la vida en un castillo como este sería muy refinada –consiguió decir. Y luego suspiró cuando él deslizó la mano por su espalda hasta dejarla en su cintura.

El deseo que sentía hacía que se marease. De repente, parecía hacer mucho calor... y entonces se dio cuenta de que le ocurría algo raro: el calor no iba hacia arriba, sino hacia abajo, en una espiral centrada en una parte de su cuerpo que siempre había sido más un problema que un placer. Darío la hacía sentir espectacular, tal vez era por eso. Apenas había espacio entre su cuerpo y el de él, solo la ropa los separaba.

Josie entreabrió los labios para dejar escapar un suspiro y, al darse cuenta, la seria expresión de Darío desapareció.

–Parece que tienes calor –le dijo en voz baja, con un brillo de deseo en los ojos–. ¿Por qué no vamos a un sitio más fresco después de comer algo?

Y más privado, aunque eso no lo dijo en voz alta. Josie sabía que sería tan fácil decirle que sí y, sin embargo, tan peligroso...

Estaba deseando que la besara de nuevo, aunque sabía que eso solo sería el principio. No podía esperar que un hombre como él se sintiera satisfecho con un beso y esa certeza la asustaba porque también ella quería algo más, si debía ser sincera.

Desde que Andy la abandonó no había tenido el menor interés en acostarse con otro hombre, pero aquella noche era diferente. De hecho, Darío era diferente. Único.

–Eso estaría bien –dijo por fin.

Él enarcó una ceja.

–¿Solo bien?

–Por el momento –murmuró ella, ajustándose el ramito de orquídeas al tirante del vestido–. Antes tienes que satisfacer al resto de los invitados... atenderlos quiero decir –se corrigió a sí misma, ruborizándose hasta la raíz del pelo.

–Todos están perfectamente atendidos y, como es mi noche especial, es hora de «satisfacerme» a mí mismo –el brillo que había en sus ojos hizo que a Josie se le quedase la boca seca.

Y cuando se miraron, el resto del mundo desapareció. Josie sentía como si hubiera caído dentro de la conejera de *Alicia en el país de las maravillas*. Sintiéndose abrumada de repente, apartó la mirada y se concentró en los canapés, decidida a cambiar de tema.

–Está siendo una fiesta estupenda.

–Pensé que no te gustaban las fiestas.

–No me gustan mucho, aunque nunca había estado en una fiesta tan opulenta como esta.

–¿Entonces te alegras de haber venido?

–Desde luego –respondió Josie–. Es la mejor fiesta de mi vida... bueno, sin contar mis cumpleaños.

–Ah, entonces también sabes pasarlo bien.

Ella soltó una carcajada.

–Sí, claro. Es algo que mi madre hace por mí cada año: organiza una fiesta y hace una tarta para las dos, supuestamente en secreto, aunque siempre lo sabe todo el mundo. Compramos un montón de cosas y esa noche no fregamos los platos... igual que esta fiesta, pero mil veces más pequeña –bromeó.

–Debe de ser maravilloso tener a alguien que se ocupa tanto de ti.

–¿Cambiarías mi fiesta por la tuya?

–Desde luego.

Josie lo miró, incrédula.

–No estarás diciendo que nadie te ha organizado una fiesta de cumpleaños.

—Nunca.

—¿Ni siquiera cuando eras pequeño?

Dario negó con la cabeza.

—No.

—Pero eso es horrible.

—A Antonia tampoco.

—Ah, ahora entiendo que le guste ir de fiesta cada vez que tiene oportunidad.

Dario sonrió.

—Supongo que será por eso. ¿Qué tal os iba mientras compartíais apartamento?

—Bien —respondió ella—. Cuando me cansaba de estar con Toni, me iba a casa de Andy... cuando salía con él. Evidentemente, dejé de hacerlo cuando...

Josie no terminó la frase. Normalmente, sentía una punzada de dolor cada vez que hablaba de Andy, pero no había sentido nada. Tal vez aquella noche, con la fiesta, el vestido y todo lo demás, estaba dejando atrás el pasado. Recordó entonces lo que Dario había dicho: que Andy era un tonto por no apreciar lo que tenía. Y, por un momento, quiso pensar que podría ser verdad.

—No pienses en él ahora —dijo él, apartando un mechón de pelo de su cara.

—No pienso en él, pero quiero contártelo.

De repente, quería contarle a Dario su triste historia, como si al hacerlo pudiera liberarse.

—Como quieras.

—Andy no solo me engañó con otra mujer... llevaba algún tiempo teniendo una aventura y, por lo visto, varios miembros de la facultad lo sabían. Además, descubrí que iba contando por ahí que yo no...

que él conmigo no... –Josie, colorada hasta la raíz del pelo, no dijo nada más.

–Lo siento, no lo sabía.

–Me sorprende que Antonia no te lo contase.

–Yo he criado a mi hermana, pero eso no significa que me cuente las cosas de sus amigas –Dario la tomó del brazo para alejarla de la gente.

–No sé... a lo mejor es que yo soy demasiado suspicaz.

–Espero que no sospeches de mí porque yo no tengo secretos. Todo lo que hago es completamente transparente, conmigo lo que ves es lo que hay.

–Yo no estoy tan segura –dijo Josie.

–Es verdad –insistió él–. El trabajo aparte, ¿estás disfrutando en la finca?

–Mucho. Todo es maravilloso, la verdad.

Dario la miró, sus ojos oscuros y pensativos. Sabía que esa noche podría ser suya y, sin embargo, de repente se encontró deseando algo más que su cuerpo. Quería que Josie supiera algo más sobre él, mostrarle algo más íntimo de sí mismo que los besos que habían compartido.

–Deja que te enseñe lo que he estado haciendo hoy –le dijo, por impulso.

Después de quitarle la copa de las manos, la dejó sobre el alféizar de una ventana para tomarla del brazo y llevarla por el jardín hacia la privacidad de su estudio.

Capítulo 9

¡VAYA! Así que es a esto a lo que te dedicas –exclamó Josie al entrar en el estudio de Dario.

Había cuadros por todas partes; abstractos y estilizados bodegones colgando de las paredes o apoyados en ellas. Y debía reconocer que tenía buen ojo para la composición y el color.

–No puedes verlos todos desde ahí.

Dario le pasó un brazo por los hombros y, al principio, el calor de su cuerpo la distrajo de tal forma que no podía concentrarse en nada, pero la curiosidad hizo que se alejase un poco para inspeccionar un cuadro que parecía inspirado por Rothko, a punto de ser terminado.

–Podrías dedicarte a esto de forma profesional.

–Sí, pero no pienso hacerlo. Tú, por otro lado, podrías hacer algo con tu talento.

–Y con el material que tú me has regalado –dijo Josie–. Con la emoción, se me ha olvidado darte las gracias –añadió, poniéndose de puntillas para darle un espontáneo beso en la cara–. Gracias, Dario.

–De nada.

Aquella noche estaba siendo una revelación en todos los sentidos. Ni Tamara ni otras mujeres, en su cama o fuera de ella, podían hacerlo sentir tan vivo.

Josie lo había atraído desde el primer momento y esos besos en el manantial habían sido maravillosos, pero pronunciar el nombre de Arietta lo había estropeado todo. Sin embargo, desde que apareció en la fiesta había dejado claro que estaba allí para disfrutar de todo lo que él pudiera ofrecerle. De todo.

Se le encogió el estómago al pensar eso. Su corazón latía con una fuerza inusitada y cuando miraba a Josie no pensaba en el pasado. El recuerdo de Arietta no lo dejaría nunca, pero él no iba a permitir que su recuerdo fuera un intruso esta vez. Esa noche, se sentía transformado.

Era como si se hubiera librado del peso que había llevado sobre los hombros durante tanto tiempo, liberándolo para disfrutar de la compañía de Josie.

—Hace una noche preciosa —le dijo, con voz ronca—. ¿Por qué no vamos a dar un paseo a la luz de la luna? Vamos a disfrutar de lo que tenemos.

Y el uno del otro, pensó, mientras salían al jardín. En la penumbra, Josie estaba tan guapa que casi le daba miedo tocarla, pero apretó su mano y, como respuesta, ella se acercó un poco más.

El jardín estaba tan silencioso en contraste con el ruido de la fiesta que casi podía escuchar el latido de su propio pulso y Arietta desaparecía de su mente con cada latido. No podría olvidarla del todo, pero nunca más volvería a ser una sombra sobre su vida.

Sintiendo una punzada de culpabilidad, mezclada con otra de alivio, Dario se dio cuenta de que eso era bueno. Era algo que podía celebrar con ella esa noche.

Josie estaba mirando el cielo mientras él se movía despacio para no romper el hechizo. La noche parecía viva mientras paseaban entre el sonido de los grillos, con la brisa llevándoles el delicioso aroma de la madreselva, la música de la orquesta filtrándose en el aire de la noche.

—¿Hay una orquesta?

—La he contratado para la fiesta. Escucha... me encanta esta melodía, ¿a ti no?

Sin saber cómo, Josie estaba entre sus brazos. Las palabras no eran necesarias, el roce de su mano en la espalda y sus dedos entrelazados eran más que suficiente. Moviéndose suavemente, bailaron por el jardín.

—Relájate.

Josie podía sentir el aliento de Dario sobre su piel y eso era suficiente para hacerla suspirar.

—Estoy relajada.

—Sabía que te gustaría esta canción.

—Es preciosa.

—Tú no mereces nada menos, Josie.

—No sé...

—No te subestimes —dijo él—. Has conseguido muchas cosas en la vida. Esta noche deberías disfrutar siendo la estrella más hermosa de todas.

Josie rio, nerviosa, y Dario se echó hacia atrás para observar su expresión.

—¿Por qué te ríes?

—Es que hace mucho tiempo que nadie me dice cosas bonitas.

—Pues entonces, tus compatriotas son tontos.

—No ha habido nadie desde que Andy me dejó —murmuró ella.

«Y no querré a nadie más ahora que he estado entre tus brazos».

–Parece que ese tal Andy era un imbécil.

Josie negó con la cabeza.

–No, solo era un hombre muy ambicioso. Nos conocimos en la universidad y pensé que teníamos los mismos objetivos y los mismos sueños. Al principio, lo compartíamos todo y hacíamos planes de futuro. Yo le culpo por haberme engañado, pero tal vez... tal vez nunca nos quisimos de verdad. No era como...

«No era como lo que empiezo a sentir por ti», estuvo a punto de decir.

Pero no, aquella atracción no era amor. Seguramente era alivio al saber que había perdonado a Andy. O tal vez debía culpar a la belleza de la noche.

–Eres una mujer muy leal.

–Por favor, no me hables de lealtad –dijo Josie bruscamente–. Mi madre sigue haciendo comida para dos todos los domingos, por si acaso mi padre decidiera volver. Yo le digo que después de diez años es imposible, pero ella sigue haciéndolo porque es ridículamente fiel.

–De modo que tu padre se marchó y tu prometido te engañó con otra mujer –Dario la apretó un poco más contra su pecho–. No sé cómo puedes seguir confiando en los hombres.

–En realidad, no confío en ellos. Por eso no me hago ilusiones sobre ti.

Como respuesta, él la apretó un poco más. Era tan maravilloso que Josie empezaba a perder la cabeza y se detuvo, sabiendo que tenía que hacerlo.

–Gracias por una noche maravillosa.

–El placer ha sido mío –murmuró Dario, pasando las manos por sus brazos, como si tampoco él quisiera dejarla ir–. Pero me temo que el baile ha estropeado las orquídeas.

Josie bajó la mirada y vio que pétalos blancos de las flores estaban aplastados y oscurecidos. Esperando que esa no fuera una señal de que Dario iba a aplastarle el corazón, dejó escapar un suspiro.

–Es una pena. Iba a guardarlas como recuerdo de esta noche.

–Entonces, tendré que comprarte unas nuevas. O cortar unas rosas para ti. Hay muchas en la rosaleda, ven a verlas.

Dario la llevó hacia una puertecita de madera en uno de los muros del jardín y, cuando la abrió, se vio envuelta por el abrumador perfume de miles de rosas.

–¡Qué maravilla!

–Parece que *El valle de los ruiseñores* esta noche hace honor a su nombre.

–¿Se llama así?

–Creo que el nombre se lo puso mi abuelo.

–Es una rosaleda fabulosa.

Dario la miró, admirando la pureza de su perfil a la luz de la luna.

–Tengo que hacerte una confesión.

Ella levantó la mirada, interrogante.

–¿Sí?

–La verdad es que he organizado esta fiesta por razones egoístas y siendo un hombre incapaz de negarse nada a sí mismo...

–¿Por qué has organizado la fiesta?

No sería para seducirla a ella, pensó.

–Vas a pensar que es una tontería.

Josie puso una mano sobre su torso.

–Dímelo.

–¿Recuerdas lo que te conté sobre mis cumpleaños?

–¿Que nunca te habían organizado una fiesta?

–Eso es –asintió él–. Bueno, pues cuando heredé el castillo juré que cada uno de mis cumpleaños sería un día especial. Y hoy es el día.

–¿Hoy es tu cumpleaños? –exclamó Josie–. ¡Felicidades!

–Gracias.

–Pero ¿por qué no me has dicho nada? Te habría comprado un regalo.

Entonces Josie recordó algo: Antonia le había dicho que el vestido era un regalo de cumpleaños. Había pensado que se refería al suyo, pero tal vez hablaba del cumpleaños de su hermano.

–Toni no me dijo nada.

–Ella sabe que no suelo contárselo a nadie.

–¿Por qué?

–Como tú misma has dicho, ya tengo todo lo que quiero... ¿por qué voy a obligar a mis amigos a comprarme un regalo?

–Los regalos de cumpleaños no tienen nada que ver con el dinero.

–¿Ah, no?

–Pues claro que no –respondió Josie–. Es una forma de recordarle a la gente que te importa, una forma de honrar ese día. Yo me habría tomado mi tiempo para comprarte algo que te gustase de verdad, tal vez algo para tu estudio... brochas, pinturas. Algo que tú no tuvieras tiempo de ir a comprar.

–Para eso está Internet y para eso tengo empleados.

Ella suspiró, irritada.

–Es el gesto lo que importa, no los regalos. De hecho, a veces los regalos más importantes no cuestan nada.

Dario hizo un gesto, como diciendo que no quería seguir hablando del tema.

–No estamos aquí para hablar de mí –dijo luego, tomando su mano para adentrarse en la rosaleda–. Ven a experimentar la noche.

–Es un sitio precioso.

–¿No había estado aquí?

–No, nunca. Ni siquiera sabía que existiera.

–Pensé que ya conocías toda la finca.

–No, no. Además, yo solo la veo de día. Tú me has abierto los ojos a las maravillas del castillo durante la noche. Es un sitio... diferente –murmuró Josie, mirándolo a los ojos.

–Es un placer para mí, te lo aseguro. Y me encantaría enseñarte muchas más –dijo él, apretándola contra su pecho.

Incapaz de esperar un segundo más, inclinó la cabeza para buscar sus labios y ella se derritió contra su pecho.

Cuando por fin se separaron, Josie tuvo que apoyarse en él, sintiendo que le temblaban las piernas.

–¿Sabías que un solo beso te hace sentir solitario?

La voz de Dario era tan suave como el roce de sus labios y el siguiente beso fue exquisito, una perfecta mezcla de sensaciones que hacía que su sangre pareciese chocolate caliente recorriendo sus venas.

Una idea sorprendente empezaba a formarse en su cerebro, pero tuvo que armarse de valor para decir:

–Sé muy bien lo que me gustaría regalarte por tu cumpleaños.

–¿Ah, sí? ¿Y qué es?

–Es algo que no tienes y algo que el dinero no puede comprar –Josie tragó saliva–. ¿No imaginas qué es?

Los ojos oscuros de Dario brillaban a la luz de la luna.

–No.

–Soy yo –susurró ella.

Dario siguió mirándola durante unos segundos, casi sin expresión; solo un músculo marcado en su mandíbula demostraba que tenía que hacer un esfuerzo para controlarse a sí mismo.

Pero antes de que supiera lo que estaba pasando, él tomó su mano para llevarla hacia la verja que separaba el jardín del resto de la finca.

Antes de abrirla, se volvió para mirarla a los ojos.

–¿Estás segura de que eso es lo que quieres, Josie?

Ella asintió con la cabeza y Dario sonrió, relajándose por fin.

Mientras caminaban, con la mano libre aflojó el nudo de su corbata y desabrochó el primer botón de su camisa. En la penumbra, el contraste entre el negro terciopelo de la chaqueta y el blanco brillante de la camisa era cegador.

–Ven, por aquí –le dijo, llevándola por un camino rodeado de árboles–. Hay un lago al fondo, con un cenador sobre el agua. Te gustará.

Josie sabía que le gustaría cualquier sitio si estaba con él.

—Me alegro mucho de haber decidido ir a la fiesta —susurró.

Dario se detuvo para mirarla. Y las sombras de la noche no podían esconder el brillo de sus ojos.

—No podría estar más de acuerdo.

Cuando llegaron al lago, escucharon el suave zumbido de los insectos, puntuado por el sonido de algún animal lanzándose al agua al escuchar sus pasos.

—Una rana —dijo él, antes de tomarla entre sus brazos para besarla de nuevo—. Has hecho una entrada espectacular esta noche.

—Pero si no he hecho nada...

—No tenías que hacer nada. Una mujer tan elegante y con ese aspecto tan angelical... me has dejado sin aliento.

Siempre incómoda con los halagos, Josie se puso colorada.

—No es verdad.

—Claro que lo es. Y debes sentirte orgullosa de ti misma —insistió Dario—. Nadie podía apartar los ojos de ti. Eras la estrella, mi estrella, y he tenido que sacarte de la fiesta para evitar que lo hiciese otro.

En el silencio que siguió a sus palabras, un ruiseñor saltó sobre una rama, a unos metros de ellos. Josie sonrió y cuando Dario se inclinó para besarla de nuevo, un segundo ruiseñor se unió al primero.

—Rivales por el mismo premio —susurró.

Los besos de Dario hacían que Josie no pudiera pensar en nada. El calor de su cuerpo la abrumaba, la firme erección que rozaba su vientre y las caricias

de su lengua en el cuello la hacían temblar de anticipación... y Dario se quitó la chaqueta para ponérsela
sobre los hombros.

–No tengo frío.

–Solo quiero asegurarme de que no te vayas –dijo
él, llevándola hacia un claro entre los árboles.

La luna llena iluminaba el camino, su luz plateada
reflejándose en el agua del lago rodeado de juncos
hasta que llegaron a un cenador palaciego con muelle
incluido.

Josie miró nerviosa el bote de remos que alguien
había amarrado a un poste.

–¿No tendremos que subir a ese bote, ¿verdad?

–No, no, sé que prefieres estar en tierra firme.

La sonrisa de Dario iluminaba su rostro mientras
abría la puerta del cenador, un sitio perfecto para el
romance con paredes de madera y un sofá cubierto
de almohadones. Las bolsas de lavanda colgadas de
las vigas perfumaban el aire con los recuerdos de veranos pasados...

–Te deseo –la voz de Dario estaba cargada de deseo.

Aquella vez, sus besos eran más urgentes, despertando en ella un fuego que había nacido en el momento en que sus ojos se encontraron por primera vez.
Cuando empezó a acariciarla, Josie no pudo ni quiso
detenerlo.

Un gemido escapó de sus labios cuando besó su
cuello, animándolo a inclinar la cabeza para besar
su escote. Su piel era tan delicada... y los pezones,
que se marcaban bajo la tela del vestido, una tentación irresistible para Dario, que los rozó con los dientes para probar lo sensibles que eran.

El efecto de esa caricia provocó en Josie un paroxismo de deseo y, sin darse cuenta de lo que hacía, enterró los dedos en el oscuro pelo antes de tomar su cara entre las manos.

–Hazme tuya –susurró, con una voz que apenas reconocía como propia.

Mientras Dario seguía besándola, ella le quitó la chaqueta y metió las manos bajo la camisa blanca para acariciar los músculos que había debajo.

Pronto los dos estuvieron desnudos a la luz de la luna. Dario abrumaba sus sentidos tan completamente que apenas recordaba dónde estaban mientras la tumbaba sobre el sofá y se colocaba sobre ella, dispuesto y más que capaz de conseguir lo que quería. Josie enredó las piernas en su cintura, desesperada por tenerlo lo más cerca posible...

Mientras se deslizaba sobre su cuerpo en la oscuridad, dejó escapar un gemido que pareció resonar en medio de la noche.

Mucho después, Josie miraba el lago. No sabía qué hora era, pero debía de ser tan tarde que era temprano. Las sombras de la noche no habían desaparecido del todo y una estrella brillaba en el cielo, sobre el lago. Los ruiseñores que los habían acompañado en esa aventura cantaban y un grupo de petirrojos se unió a ellos poco después.

Dario, inmóvil, tenía la cabeza apoyada en su cuello y Josie estaba en el séptimo cielo. No dejaba de recordar, atónita, lo que había ocurrido en las últimas horas. Dario le había robado todas las inhibiciones, llevándola al paraíso.

Desde aquel momento, nada volvería a ser lo

mismo. La vida no podría competir con aquella noche.

Y ese pensamiento la torturaba. Dario era un playboy, un hombre que iba de una mujer a otra. Josie deseaba su cuerpo, pero sabía que no podía conformarse solo con eso; ella quería también su amor y su lealtad, pero ese era un sueño imposible.

Dario, como Andy, era incapaz de comprometerse con nadie.

Por fin, Josie se había dado cuenta de lo poco que su exprometido había significado para ella, pero Dario era completamente diferente. Y, aunque lo deseaba con todas las fibras de su ser, nunca podría retenerlo. Ninguna mujer podría hacerlo.

Cuando él se movió, Josie supo que tendría que hacer un esfuerzo sobrehumano para resistirse. Un encuentro más, un leve roce, una sonrisa y estaría encaminada al desastre.

De modo que cuando empezó a deslizar una mano por su sudoroso muslo, respiró profundamente para armarse de valor y se levantó.

—Dario, yo... tengo que irme.

Giró la cara rápidamente para esconder su expresión, fingiendo estar muy interesada en recoger su ropa del suelo.

—¿Dónde vas? Aún es temprano.

Josie lo miró. Sabía que era un error, pero no pudo evitarlo. Tenía un aspecto tan magnífico como siempre, con los primeros rayos del sol iluminando sus dorados músculos, y sintió que el deseo despertaba a la vida una vez más. Tenía que escapar mientras pudiera, se dijo.

–Lo de anoche fue precioso, pero no debería volver a ocurrir.

–¿Por qué no? Pensé que había sido una de tus mejores ideas.

Josie empezó a vestirse.

–No quiero que pienses que estoy pidiendo algo que tú no puedes darme. No quiero forzarte a nada.

La sonrisa de Dario desapareció.

–¿Qué estás diciendo?

Josie tenía que luchar contra sus sentimientos con mano de hierro. Le gustaría olvidarse de todo y abrazarlo de nuevo...

Lo único que la detenía era saber que Dario había hecho aquello docenas de veces en el pasado. Y que había olvidado a todas esas mujeres tan fácilmente como se quitaba y se ponía la ropa. Pero ella quería ser algo más. De hecho, merecía algo más, el propio Dario la había ayudado a reconocer eso.

Recordaría su ardiente mirada en la fiesta mientras viviera y lo único que estropearía ese recuerdo sería la devastación de su abandono.

Pero si era ella quien le decía adiós podría recordar lo bueno sin la angustia que la había perseguido después de la traición de Andy. Sería tan difícil decirle adiós a Dario... pero al final, tarde o temprano, la engañaría con otra y eso destrozaría aquel encuentro tan especial.

–Ya te lo he dado todo, Dario.

–No, no es verdad. Yo sé que tienes mucho más que darme, *cara* –dijo él, alargando una mano hacia Josie, pero ella se apartó–. ¿Qué quieres que diga? ¿De verdad pensabas que iba a ofrecerte un compro-

miso de por vida? Tú me conoces... o al menos conoces mi reputación.

Josie se vistió a toda prisa.

–No quiero que digas nada, especialmente sobre
el futuro. Y tampoco yo tengo nada que decir.

Dario la observó en silencio durante unos segundos y Josie vio que se alejaba de ella y de la intimi-
dad que habían compartido unas horas antes.

–Es una novedad que sea yo el abandonado, pero
creo que puedo ayudarte.

–No te entiendo.

–Podrías decir algo así como: «Ha sido fantástico.
Esta noche será un bonito recuerdo, pero es mejor
que cada uno siga por su camino». Eso es lo que intentas decirme, ¿verdad?

En secreto, Josie había esperado que al menos intentase retenerla, pero era evidente que no iba a hacerlo.

«Por favor, que no termine aquí».

«Aún no».

«Deja que disfrute un poco más. Una hora, un día,
una semana».

Pero no servía de nada soñar porque ella sabía
muy bien lo que pasaría si seguía por ese camino. Un
beso más y Dario le rompería el corazón. Después de
haber probado lo que podía darle, era demasiado ava-
riciosa como para volver a confiar en sí misma.

«Porque cuando me haya robado el corazón, me en-
teraré de que está traicionándome como hizo Andy».

–Tienes razón –le dijo, intentando encontrar su
voz–. Ha sido maravilloso, en pasado. Una experiencia más. Pronto me marcharé de aquí, de modo que

sería absurdo pensar que puede haber algo más entre nosotros.

–Muy bien, veo que estás siendo tan sensata como siempre. Es lo que esperaba de ti, Josie.

Al escuchar su nombre, pronunciado con ese precioso acento italiano, su corazón se encogió un poco más.

–Lo tuyo no son las aventuras temporales. Tú no eres así –siguió él, acercándose para apartar un mechón de pelo de su frente en un gesto más condescendiente que romántico–. Pero debo darte las gracias por tu maravilloso regalo de cumpleaños. No se parece a nada que me hayan regalado antes.

Lo había dicho con un tono seco, sin emoción, sin mirarla a los ojos siquiera. Y Josie se quedó totalmente desinflada.

–Me temo que debo irme –anunció Dario entonces, mirando su reloj–. Le prometí a Antonia que la llevaría a Florencia esta mañana. Quiere que la ayude a elegir una cuna para Fabio.

Hablaba con voz ronca, como si tuviera que hacer un esfuerzo para contener el deseo, y eso aumentó el anhelo de Josie. La había hecho suya por la noche y sabía que con una simple caricia volverían a repetir la experiencia, pero era un riesgo demasiado grande. A la luz del día no podría esconderse si Dario la rechazaba.

Además, estaba decidida a aprender de los errores que había cometido en el pasado y a no cometer errores nuevos.

Cuando los dos estaban vestidos, Dario la acompañó al castillo, pero ninguno de los dos dijo una palabra. Ella no podía dejar de pensar que guardaba silencio porque no tenía nada que decirle y esa idea la llenó de desesperación.

Capítulo 10

DARIO estaba sentado en su despacho, mirando el Monet que había comprado la última vez que estuvo en Nueva York mientras pensaba en Josie.

Recordaría la noche de su treinta y tres cumpleaños durante el resto de su vida, pero no con orgullo.

Suspirando, se pasó una mano por la barbilla, haciendo una mueca al tocar el sitio en el que se había cortado con la maquinilla por la mañana. No había sido fácil enfrentarse consigo mismo ante el espejo...

Josie lo afectaba de una forma extraña. Siempre había sido su objetivo amar a las mujeres y dejarlas antes de que alguno de los dos saliese herido.

Dario volvió a hacer una mueca.

La palabra «amor» hacía que sintiera escalofríos, pero había pensado mucho en ella durante las últimas horas. Tal vez porque Josie era diferente en todos los sentidos a las chicas con las que solía salir; chicas que no temían mostrar sus sentimientos.

Instintivamente, siempre había sabido que Josie no era así. Desde luego, no era el tipo de mujer que montaría una escena, por ejemplo.

De nuevo, torció el gesto. Le había dicho adiós a

muchas mujeres en el pasado, pero aquella era la primera vez que una mujer se lo decía a él.

Miró su agenda y, preocupado, comprobó que Josie debía marcharse la semana siguiente. Pensó entonces en su hermoso rostro, en su radiante sonrisa, en su expresión apenada mientras le decía que debían olvidarse el uno del otro.

¿Por qué se preocupaba por su estado de ánimo? Él no entendía de eso. Sin embargo, el deseo de disfrutar de su cuerpo era algo que sí podía entender.

Pero, por alguna razón, no podía olvidar sus palabras: «Pronto me marcharé de aquí».

Era cierto, los dos sabían que había una fecha de despedida desde que se organizó la visita al castillo.

«Pronto me marcharé de aquí, de modo que sería absurdo pensar que puede haber algo más entre nosotros».

Ese acuerdo debería hacer que se sintiera feliz. Después de todo, él mismo se lo había propuesto a muchas mujeres.

¿Por qué no funcionaba en aquella ocasión?

No dejó de darle vueltas al problema hasta que la respuesta le llegó con una simple palabra:

«Nosotros».

Esa palabra era el obstáculo. Él no la había usado desde que Arietta vivía, la última vez que se había sentido parte de una pareja. Pero Josie...

De repente, se dio cuenta de cuál era el problema: Josie los veía como una pareja, no solo como un revolcón de una noche. Y no quería que aquello terminase, como no lo quería él.

Al pensar eso, su pulso se aceleró. Su cuerpo volvió a la vida y, de repente, experimentó una oleada de angustia al imaginarla con otro hombre. La fuerza de su reacción lo sorprendió. De hecho, lo aterrorizó.

Nervioso, intentó recordar el rostro de Arietta y no pudo hacerlo. Se concentró fieramente, recordando cuánto la había amado y lo responsable que se sentía de su muerte...

Josie había hecho bien en irse, pensó. Porque él no podía ofrecerle más que una aventura.

Ignorando la vocecita que le pedía que volviera a tenerla entre su brazos, intentó pensar en los asuntos de la finca.

Un día después, con la cabeza baja, Josie iba hacia el viejo molino de aceite. Ni siquiera el trabajo era capaz de hacer que dejara de sentirse avergonzada por su comportamiento después de la fiesta.

¿Cómo podía haber sido tan tonta? Su padre y Andy habían prometido quererla, pero los dos la habían dejado. Y un rico playboy no iba a ser diferente, al contrario. Estaba engañándose a sí misma.

El trabajo había sido su salvación hasta ese momento y se había convencido a sí misma de que era lo único que necesitaba. Pero un solo beso de Dario di Sirena y todas sus defensas se habían ido abajo. En cuanto tomó su mano en la fiesta, Josie había sabido que no podría haber otro hombre para ella, ni aunque viviera hasta los cien años.

Sin embargo, tenía que enfrentarse con la realidad: Dario tenía reputación de Casanova y un hombre con esa fama no se conformaba con una sola mujer. Tal vez había hecho el papel de honorable conde a la perfección mientras la llevaba de vuelta al castillo, pero solo era eso, un papel. Josie sabía muy bien que los hombres podían darse la vuelta y olvidar sus promesas en un segundo.

El estilo de vida de Dario, con admiradoras dando vueltas a su alrededor como tiburones, dejaba claro que no había sitio en su vida para ella. Nunca se quedaba con nadie demasiado tiempo, ¿por qué iba a ser ella diferente?, se preguntó, enfadada consigo misma.

Tenía que terminar con aquello antes de que le rompiera el corazón. La semana siguiente se habría ido y él no recordaría lo que había ocurrido entre ellos. En un mes, ni siquiera recordaría su nombre. Pero ella lo recordaría para siempre.

No había más salida que concentrarse en el trabajo y olvidarse de él. Solo faltaba una semana para volver a Inglaterra y lo mejor que podía hacer era bajar la cabeza e intentar hacerse invisible.

Necesitaba desesperadamente confiarle sus problemas a alguien, pero era imposible. Antonia era compresiva, pero entre su hermano y su mejor amiga, estaba claro a quién iba a elegir y Josie no quería ponerla en esa situación.

De modo que se dedicó a trabajar, tan lejos de Dario como era posible. Pero, aunque estaba decidida a proteger su dolido corazón, no podía dejar de pensar en él día y noche.

Cuando la falta de concentración hizo que rompiese la piedra que estaba intentando limpiar, Josie tiró a un lado el cepillo, disgustada. Mientras estuviera allí, Dario dominaría sus pensamientos y la distraería de su trabajo. Solo había una solución al problema y era hora de tomar una decisión.

Podía acortar el viaje y volver a casa de inmediato o podía aceptar lo que sentía por él.

«Supuestamente, soy una adulta razonable. ¿Por qué no puedo aceptarlo y dejar de portarte como una colegiala enamorada?».

La respuesta a esa pregunta era muy fácil: deseaba a Dario, pero le daba miedo desearlo. Darle tanto poder sobre sus emociones era ir demasiado lejos.

Si fuera lo bastante fuerte como para decirle adiós... pero no, aún no.

Un remedio desesperado apareció en su mente entonces. Tal vez sencillamente podía bajar la guardia durante unos días. Solo hasta que se fuera del castillo. Podía disfrutar de Dario unos días más, pero habría un límite de tiempo y los dos lo sabrían.

Podría disfrutar del encanto de Dario, de sus caricias y sus besos, pero se iría antes de que le rompiese el corazón. Ninguno de los dos haría promesas; solo sería un incidente maravilloso que había ocurrido durante su estancia en el castillo Di Sirena.

Otras personas tenían aventuras de verano todo el tiempo y no se morían de pena cuando volvían a casa, ¿no?

¿Por qué no podía ella tener una aventura mientras tuviese claro que solo era eso? Si Dario podía hacerlo, ella también. Ninguno de los dos esperaba que aquello fuese algo más que un encuentro casual.

Eso era lo que debía recordar.

Después de convencerse a sí misma, Josie guardó

sus herramientas en la bolsa y fue a buscar a Dario antes de que algo la hiciese cambiar de opinión.

Dario estaba en su estudio, trabajando en un retrato, pero el boceto a carboncillo que había hecho no le gustaba y, en un acto de desesperación, había intentado pasarlo directamente a tela, esperando inspirarse de ese modo.

Pero el retrato no era lo que él pretendía.

Suspirando, se había vuelto para mojar un paño con aguarrás, dispuesto a intentarlo de nuevo, cuando la puerta del estudio se abrió y Josie asomó la cabeza.

Dario tragó saliva, pero intentó disimular.

–Qué inesperada sorpresa. Estaba empezando a pensar que intentabas evitarme.

Ella se ruborizó y Dario supo que eso era exactamente lo que había estado haciendo.

Pero enseguida vio que erguía los hombros en un gesto de determinación para entrar en el estudio, mirando alrededor más que a él.

Aquel era su territorio, su sitio especial, con una atmósfera que olía a pintura, a óleo, a aguarrás. Era un sitio en el que se sentía seguro, pero evidentemente ese no era el caso de Josie.

–¿Quieres ver mi último trabajo? –le preguntó.

Ella se acercó, pero sin la confianza de otras veces, y al ver el retrato que estaba a punto de borrar se quedó mirándolo, sorprendida. Incluso a medio terminar, el retrato era claramente una mujer de pelo oscuro...

Ella debía de saber de quién se trataba, pensó Dario. Y su mirada era tan directa que lo hacía sentir incómodo.

—Es Arietta, ¿verdad?

—Supuestamente debía ser ella, sí. Pensé que merecía un sitio en la galería de retratos de la familia. Después de todo, si no hubiera muerto, se habría convertido en mi esposa.

Josie no dijo nada y Dario clavó en ella una penetrante mirada.

—¿No vas a preguntarme por Arietta?

—Tú me lo contarás si quieres, imagino —respondió ella—. A mí no me gusta hablar de mi pasado, de modo que no suelo hacer preguntas.

Él asintió con la cabeza.

—Nos conocimos durante el último año de universidad... —empezó a decir.

Pero no podía encontrar palabras para explicar lo que había sentido, cómo se habían enamorado desde el momento que se vieron. Había sido algo mágico, perfecto, hasta que la vida real empezó a poner obstáculos. Mirando atrás, se preguntaba cómo habrían pasado del idealismo de la universidad al día a día, pero ya no lo sabría nunca.

—Una noche nos peleamos por una estupidez —siguió—. Según Arietta, yo pasaba demasiado tiempo pintando en lugar de estar con ella. Había tormenta, pero estaba decidida a marcharse, de modo que subió a su coche y arrancó a toda velocidad. Yo fui tras ella, intentando detenerla... los dos conducíamos a toda velocidad, pero su coche patinó y cayó por un terraplén.

Dario esperó la habitual punzada de dolor que

sentía cuando pensaba en esa terrible noche. Siempre, hasta aquel día. Y frunció el ceño, sorprendido, cuando la punzada de dolor no fue tan insoportable como de costumbre.

Josie no dijo nada.

Además de todo sabía escuchar, pensó.

—Murió de camino al hospital.

—Lo siento mucho.

—Sí.

Ella pareció sorprendida ante su automática respuesta y Dario se dio cuenta de que debía de haber sonado frío y despreocupado.

Probablemente, esperaba que se mostrase más traumatizado. Y lo había estado durante años, pero de repente...

Lo que eso significaba estaba claro, pero sabía que sería difícil vivir con ello. Se preguntó si seguir hablando podría distanciarlo aún más del pasado...

—Estuvo a punto de destruirme —empezó a decir, vacilante. Aunque quería contárselo. Sentía como si estuviera descargándose, liberándose de un viejo dolor—. Durante años, no pasó un solo día en el que no pensara en ella. Después de todo, conocer a Arietta fue un momento definitorio en mi vida. Cuando murió, intenté llenar el vacío que ella había dejado, pero nunca funcionó. Nada podía compararse con la felicidad que sentía estando con una mujer que me entendía tan bien como ella —Dario esbozó una sonrisa triste—. Su recuerdo se quedó conmigo, pero ha empezado a desvanecerse. Poco a poco, día a día, empiezo a sentir que la estoy perdiendo. Al principio, heredar el castillo y la finca me mantuvo ocupado. Tenía tantas cosas que hacer que no podía pensar en ella continuamente. Pero ahora... cuando intentó recordarla, Arietta se aleja de mí.

Josie contenía el aliento mientras lo escuchaba. Lo sabía porque él estaba haciendo lo mismo.

–He luchado todo lo que he podido –siguió–. Y ahora... he intentado pintar el retrato de Arietta tal y como la recuerdo, pero no me sale. He trabajado, me he esforzado, pero es imposible. No puedo pintarla.

Dario miró la tela un momento, pasándose una mano por la cara en un gesto de angustia, y sin poder evitarlo, Josie dio un paso adelante para abrazarlo.

–No, por favor... estoy segura de que Arietta no querría que fueses desgraciado.

Él bajó la mano abruptamente. Sus ojos estaban secos, pero turbulentos como nunca.

–¿Cómo puedes saber eso?

Josie dio un paso atrás.

–No, claro. Lo siento, yo no tengo ni idea. ¿Cómo iba a tenerla? Y sin embargo, estoy segura de que ella no querría verte infeliz, viviendo una vida llena de amargura.

–Eso es exactamente lo que Arietta me dijo una vez, hace años.

Dario se quedó inmóvil un momento y después sacó una vieja fotografía de la cartera que colocó al lado del cuadro.

–¿Ves el parecido?

Josie miró del cuadro a la fotografía.

–Pues...

–Mi retrato no se parece nada a la chica de la fotografía, ¿verdad?

—Lo estás haciendo de memoria.

—Exactamente.

Dario miraba la fotografía con una expresión indescifrable.

Pero, al contrario que la fotografía en blanco y negro, su cuadro era a color y Josie pensó que sería una asombrosa coincidencia que Arietta hubiese tenido los ojos del mismo color verde que ella. Y en cuanto al vestido verde... en la fotografía parecía más bien blanco. Sin embargo, el vestido que ella llevó a la fiesta era de color verde.

Algo importante estaba pasando y solo podía preguntarse dónde iba a llevarlos.

Por fin, Dario colocó la fotografía sobre la mesa y se volvió hacia ella. Y, afortunadamente, vio que estaba sonriendo.

—Bueno, ahora ya conoces mi historia. ¿Cuál es la tuya?

Josie no podía recordarla. Unos minutos antes había estado absorta en sus propios problemas, pero los había olvidado al comprobar que los de Dario eran mucho más trágicos.

—No es nada tan serio, pero, si quieres que sea sincera, me siento fatal desde tu cumpleaños y quiero aclarar las cosas entre nosotros. De verdad lo pasé muy bien en la fiesta... y después.

No pudo evitar ponerse colorada y Dario esbozó una sonrisa, inclinando la cabeza para agradecer el cumplido.

—Pero a la mañana siguiente me sentía tan incómoda que no sabía cómo reaccionar. Era la primera vez que hacía algo así.

–Lo sé.

–No quería que pensaras que me debías algo o que yo esperaba algún tipo de compromiso por tu parte.

–Tú dejaste eso perfectamente claro, no te preocupes –dijo él entonces–. Entiendo y respeto tu decisión. Lo entendí entonces y lo entiendo ahora –añadió, tomando la fotografía de Arietta para guardarla de nuevo en su cartera–. No pasa nada. Todo está bien entre nosotros.

A Josie no se lo parecía y se ruborizó aún más.

–Sé que debiste de quedarte sorprendido.

Si le hablaba a Dario de sus sentimientos y no eran correspondidos, querría que se la tragase la tierra. Si él la rechazaba, el dolor sería terrible. Y, sin embargo, sabía que debía aprovechar el momento o al menos intentarlo. De otro modo, no se perdonaría a sí misma por ser una cobarde.

–No hay ninguna razón para que no seamos... amigos durante el resto de mi estancia aquí –dijo por fin.

Dario se volvió para limpiar sus pinceles.

–Por supuesto que sí. Pero vamos a dejar algo absolutamente claro: no quiero que ninguno de los dos resulte herido.

Josie tardó un momento en responder:

–Los dos somos adultos, ¿no?

–Desde luego que sí –respondió él, volviéndose de nuevo–. Pero tú llevarás la iniciativa en todo momento. No quiero que lamentes nada.

Sus palabras eran suaves, pero había tal tensión en su rostro que daba la impresión de ser un predador capaz apenas de contenerse.

Josie no podía hablar, de modo que se limitó a asentir con la cabeza.

Dario se volvió de nuevo para disimular su agitación y empezó a limpiar la tela mientras ella lo observaba, extrañamente aliviada al ver que borraba la imagen de Arietta.

–¿Qué vas a pintar ahora?

–Aún no lo he decidido.

–Entonces, ¿qué tal si me pintas a mí? –sugirió Josie.

Dario se volvió con una sonrisa en los labios. Y esa sonrisa era como el sol saliendo entre las nubes.

–¿En serio?

Ella vaciló un momento, pero por fin asintió con la cabeza.

–Claro.

–Entonces sí, me encantaría pintarte. Y creo que me gustaría pintarte con el vestido que llevaste a la fiesta. Esa túnica verde que cubría mi maravilloso regalo.

Mirando la hermosa vista desde el estudio, Josie fingió pensarlo un momento, pero no podía pensar. Su mente estaba llena de imágenes mucho más seductoras que cualquier paisaje.

–La cremallera del vestido está en la espalda, así que puede que necesite tu ayuda para ponérmelo y quitármelo –musitó por fin, sin dejar ninguna duda sobre quién estaba llevando la iniciativa en ese momento.

Mientras las últimas golondrinas cruzaban el cielo, Dario dio un paso hacia ella y cuando la tomó por la cintura Josie cerró los ojos.

–¿Por qué no dejas que te ayude por una vez? –susurró.

El roce de su aliento en el cuello la hizo sentir un escalofrío. Lo deseaba con una urgencia que no podía contener.

No podía y no quería resistirse.

El primer beso fue lento, pausado, casi tentativo. Y cuando abrió los ojos y se encontró mirando por encima de su hombro el retrato medio borrado de Arietta se heló la sangre en sus venas.

—¿Tienes frío? —le preguntó Dario al notar que temblaba.

—No, debe de ser la brisa del jardín que entra por la ventana. Podrías cerrar las persianas —susurró ella.

Dario lo hizo y cuando se volvió, Josie intentó reunir valor para decirle la verdad.

—Te deseo.

Él la miró, sin dejar de sonreír, pero el brillo de sus ojos se había vuelto intenso como un volcán.

—Esta es tu última oportunidad para cambiar de opinión.

—Te deseo ahora mismo, no importa dónde estemos —respondió Josie, con voz ronca.

—Eso es exactamente lo que yo estaba pensando, *cara mia*.

Deseando tocarla, deslizó las manos por sus hombros y, por fin, levantó sus manos para besar sus dedos en un gesto reverente. Pero Josie decidió tomar el control como había prometido y empezó a desnudarlo, haciendo un esfuerzo para tomarse su tiempo.

Mientras lo hacía, Dario la acariciaba por todas partes. Podía oírlo contener el aliento y se dio cuenta de que estaba luchando contra el deseo de llevar el control. Sabiendo que ese era un poderoso afrodisíaco,

Josie deslizó la camisa por sus anchos hombros; el frufrú de la tela tan excitante que empezó a hacer cosas que no había hecho nunca.

—Estando contigo, mi experiencia anterior no cuenta para nada —susurró Dario.

—Tú no sabes lo que significa para mí que digas eso.

Ser capaz de darle placer era la sensación más erótica que Josie había experimentado en su vida y cuando la aplastó contra su pecho no hizo nada para impedirlo. Quería ser suya y al demonio con las consecuencias.

—Eres divina —sus palabras eran tan seductoras como la urgente presión de su cuerpo—. *Dio*, eres todo lo que quiero en una mujer. Te deseo tanto...

También ella lo deseaba, con una pasión tan intensa que casi la asustaba.

Dejando escapar un gemido de anticipación, Dario la tumbó sobre el sofá de terciopelo en el centro del estudio y la poseyó. Hicieron el amor rápidamente, con fiera intensidad, y Josie supo que a partir de aquel momento no podría encontrar la felicidad sin aquel hombre.

Cuando notó que él no podía seguir conteniéndose, lo abrazó con tanta fuerza que se sentía parte de su cuerpo. Y, como respuesta, Dario lanzó un grito de placer y desahogo.

Capítulo 11

DURANTE los días siguientes, Josie perdió la noción del tiempo. Estaba entre los brazos de Dario y eso era lo único que le importaba. En ese momento, estaba completamente absorta en sus sentimientos por él y en la fascinación que Dario sentía por ella.

Se convertían en uno cada noche, pero Josie sabía que había un tiempo límite para su felicidad. Tenía que ponerse a trabajar, retomar el proyecto que la había llevado hasta allí antes de volver a Inglaterra.

Una mañana, Dario agarró su mano cuando intentaba levantarse de la cama y besó apasionadamente la delicada piel de su muñeca. Josie dejó escapar un gemido, intentando resistirse a la tentación.

–Tengo que trabajar.

–¿No quieres volver a la cama un rato?

Tenía que trazar una línea divisoria entre las dos partes de su vida: el placer y el trabajo. Pero resultaba tan difícil...

–Tengo que irme, en serio.

Dario la soltó, pero cuando se inclinó para darle un beso de despedida, él estuvo a punto de persuadirla para que se quedara besándola con tal pasión que la dejó sin aliento.

–Debo irme –protestó, riendo. Aunque su corazón quería quedarse allí para siempre.

Mientras observaba a Josie salir de la habitación, Dario experimentaba una mezcla de sentimientos. Su cuerpo la deseaba más que nunca, pero su cerebro había perdido la dirección, el control. Ella era tan diferente a las demás mujeres que conocía. Las demás siempre empezaban a perder su atractivo en el momento en el que había satisfecho su deseo.

Eso no había ocurrido con Josie, al contrario. Cada día le parecía más irresistible y empezaba a resultarle difícil saber dónde empezaba ella y dónde terminaba él. Habían sido inseparables desde el momento en que ella entró en su estudio esa mañana y Dario ya no sabía cómo iba a terminar esa aventura.

Mirando por la ventana de su habitación, vio un grupo de palomas picoteando en el patio. Josie debía de haberles tirado un cruasán antes de irse a trabajar, como solía hacer.

Mientras lo pensaba, una pluma voló por el aire, movida por el viento.

Qué curioso, pensó, mientras decidía ir a visitarla. Aquella aventura había empezado porque quería mantenerla a distancia, pero en aquel momento sentía como si fuera montado sobre esa pluma, viajando entre el cielo y la tierra.

Era una aventura que Josie pensaba terminaría la semana siguiente. De hecho, la oía suspirar cada vez que abría su agenda...

Dario tuvo una idea entonces. Ella le había hecho

el perfecto regalo de cumpleaños, pero él había decidido darle una sorpresa aún mayor.

El trabajo era una constante en la vida de Josie. Algo de lo que no se cansaría nunca, especialmente sabiendo que era lo único que le quedaría como consuelo cuando Dario no fuese más que un doloroso recuerdo.

Dario.

Suspiraba solo con recordar su nombre. Era un hombre irresistible para ella.

Pasaba las noches entre sus brazos y su pasión la despertaba cada mañana. Él la animaba a relajarse, a ser ella misma, y su relación era tan buena que incluso la había convencido para que lo acompañase cuando iba a visitar a sus amigos.

Dario tenía una red de contactos formidable y le había presentado a amigos que tenían fincas privadas con ruinas espectaculares, muchas de las cuales no habían sido estudiadas nunca. Algunos habían prometido dejar que llevase allí a sus alumnos, de modo que debía empezar a preparar esas visitas educativas.

Dario la había sorprendido interesándose por su trabajo. En lugar de llevarla de terraza en terraza para tomar cócteles solía ir con ella a la excavación y se quedaba a su lado, ayudándola a limpiar piedras, cavando o haciéndole preguntas.

Pero Josie sabía que aquello no podía durar. Cuando su visita al castillo Di Sirena terminase se marcharía como las golondrinas y Dario no la seguiría. La olvidaría en cuanto el frío del otoño hiciese olvidar el verano...

Un día antes de su regreso a Inglaterra, Josie estaba en la excavación cuando sonó su móvil. Dario se había quedado pintando en el estudio, de modo que esperaba su llamada y contestó de inmediato.

Con un poco de suerte le diría que iba hacia allí...

—¡Josie!

Pero no era la voz que esperaba escuchar.

—Hola, James —respondió, intentando disimular su decepción al saber que era el administrador de la facultad—. Me temo que estoy en Italia en este momento, así que no puedo comprarte boletos para la rifa de la facultad.

—Sé dónde estás, por eso te llamo. Tengo buenas noticias.

Josie frunció el ceño. Ella sabía que a James solo le interesaba el dinero que entraba y salía de la facultad.

—No me digas que ha tocado la lotería en la universidad.

—No, no, pero algo parecido. Recuérdame cuánto dinero has pedido para tus viajes de investigación.

—Eso depende... aún no he hecho la petición formal. Además, sé que no hay dinero.

—¿Por qué no piensas en una cifra y la doblas?

Allí ocurría algo y solo había una manera de saberlo, de modo que Josie mencionó una cifra altísima.

—Sesenta mil libras.

—¿Nada más? —el administrador parecía decepcionado–. ¿No podrías redondearlo a cien mil, tomando en cuenta transportes, alojamiento, gastos inesperados, etc...?

–Pues claro –dijo ella, sarcástica–. Soy tan frugal que es una pena que no decidiera presentarme a las elecciones.

El hombre soltó una carcajada.

James nunca se reía de sus bromas, pensó Josie entonces. Consumida por la curiosidad, le preguntó:

–¿Por qué solo cien mil? ¿Por qué no pedir doscientas mil libras?

–Bueno, bueno, tampoco hay que pasarse –el administrador soltó una risita–. El conde Di Sirena está siendo muy generoso al dejar que tú pongas la cantidad.

Josie se quedó helada.

–¿Qué?

–El conde está tan impresionado con el trabajo que haces en su finca que quiere patrocinar una ampliación. Cree que beneficiará a la economía local, así que está dispuesto a financiar tu estancia en Italia durante el tiempo que sea necesario.

–¿No me digas?

–Sí te digo. Hemos estado charlando por teléfono y me ha parecido un tipo muy agradable.

–Encantador.

–Me ha dicho cuánto disfruta viéndote trabajar en la finca. Está muy interesado en tu trabajo, Josie.

–Ya.

–Parecía temer que los problemas presupuestarios de la universidad destrozasen tus ambiciones profesionales.

–¿Preocupado? Seguro que sí –dijo ella, intentando contener su enfado–. Pero necesito hablar de este asunto con el propio conde antes de decirte nada –anunció luego, sabiendo que la única cifra que aceptaría de Dario era un cero bien redondo.

Dario estaba en su oficina, contemplando el Monet que colgaba de la pared, cuando la tranquilidad fue rota por un torbellino humano.

–¿Se puede saber qué crees que estás haciendo? –le espetó Josie, cerrando de un portazo.

Era evidente que estaba enfadada. Más que eso.

–Pensar en ti no es la repuesta que esperas, evidentemente –respondió, con una sonrisa en los labios. Esperaba que le diera tiempo para explicarse, pero estaba equivocado.

–¿Cómo te atreves a alargar mi estancia en el castillo sin consultar conmigo? ¿Y cómo te atreves a hablar con el administrador de la facultad sin antes pedirme permiso?

–Josie...

–He tenido que suplicar cada céntimo para venir aquí y cuando empiezo a acostarme contigo, de repente el dinero cae en mis manos por arte de magia. ¿Cómo crees que eso me hace sentir?

Sorprendido por su reacción, pero decidido a no demostrarlo, Dario entrelazó los dedos sobre la mesa, pensativo.

–Agradecida no, eso ya lo veo.

–No quiero tener que depender de nadie más que de mí misma. Tú estás intentando que dependa de ti.

–Pensé que me conocías mejor –replicó él–. Creo que te entiendo bien, Josie. Sé que eres buena en tu trabajo y que mereces toda la ayuda posible, pero también sé que has tenido que suplicar para que la facultad financiase este viaje porque los fondos son limitados y nunca te darán lo que necesitas. Yo tengo más dinero del que puedo gastar, de modo que para mí la respuesta es evidente.

Ella apoyó las manos sobre su escritorio, mirándolo directamente a los ojos.

–Eres un hipócrita. Y a saber cómo me habrás hecho quedar delante de mis colegas.

Dario se levantó de golpe, haciendo que Josie diera un paso atrás.

–¿Qué tienen ellos que ver con lo que hay entre nosotros? En cuanto a llamarme hipócrita... *maledizione!* Esos fondos para tu proyecto podrían significar que te quedases más tiempo. Tú no quieres irte mañana y tampoco yo quiero que lo hagas. ¿Qué hay de hipócrita en querer que te quedes? Estoy intentando ayudarte... ¿hay algo malo en eso?

–¿Y por qué no lo has hablado conmigo?

–Si dejas de gritar, podremos hablar de esto como adultos...

–¡Entonces, trátame como a una adulta!

–Escúchame, Josie: al principio, pensé que eras demasiado delicada para estar conmigo, pero ahora entras aquí furiosa como una hidra... si quieres que te diga la verdad, mi intención era compensarte por cómo te traté el día de mi cumpleaños. ¿Tan horrible es lo que he hecho?

–¡Antes de hacerlo deberías haberme consultado!

–¿Cómo puedes enfadarte de ese modo porque tenga intención de ayudarte?

–Yo quiero estar a cargo de mi vida y decidir cuándo me voy y cuándo me quedo en algún sitio. Y ofreciendo dinero para retenerme aquí hace que me sienta... vulgar –Josie no se atrevía a decir la palabra en voz alta, pero estaba claro cuál era la que tenía en mente.

Dario se quedó boquiabierto.

–¿Cómo puedes decir eso? Yo nunca pagaría a una mujer por acostarse conmigo.

–No tendrías que hacerlo. Tienes poder, prestigio, influencia, todo lo que querrían muchas mujeres.

–Tú no, evidentemente.

–Yo soy mi propia persona. Y me ha costado mucho serlo.

Haciendo un esfuerzo supremo, Dario apartó la mirada de su rostro. Era curioso que cada detalle estuviera grabado en su mente, desde el brillo de sus ojos al hueco entre sus dientes superiores o cómo se apartaba el pelo de un manotazo cuando estaba enfadada o nerviosa...

–Se terminó, Dario. No quiero seguir siendo tu amante.

Eso sí fue una sorpresa para él.

–No recuerdo haberte pedido que fueras mi amante. Y no sabía que tú creyeras serlo.

–¿Qué otra cosa soy? Tú querías mi cuerpo y yo quería el tuyo –Josie se puso colorada–. Los dos sabíamos que esto tenía que terminar tarde o temprano. Por eso aceptamos disfrutar mientras durase...

–Y lo estamos pasando bien, ¿no? ¿Por qué no quieres quedarte un poco más?

«Porque estoy enamorada de ti».

–Esto no tiene que ver con la duración de mi estancia aquí. ¿Es que no te das cuenta de lo que has hecho?

–¡No! –exclamó Dario.

–Me he esforzado tanto por conseguir el dinero que necesito para mis investigaciones... he suplicado durante meses, pero nadie me tomaba en serio. Y entonces apareces tú y ya está, ningún problema. No te das cuenta de cómo me hace sentir eso... no lo entiendes. No lo entenderás nunca.

De repente, Josie empezó a llorar de frustración y Dario apretó los labios, sin saber qué hacer. La única persona a la que había visto llorar era su hermana y le parecía tan sorprendente que tardó en reaccionar.

La tomó entre sus brazos con intención de consolarla, pero eso la hizo llorar aún más y Dario se preguntó cómo iba a solucionar aquella situación. De algún modo, y si quería despedirse de ella amistosamente, debía recordarle la pasión que sentían el uno por el otro.

–Esto es imposible...

–¿Por qué dices eso? ¿Qué es imposible?

–Cada vez que dejo que alguien se meta en mi corazón acaba en fracaso –Josie suspiró, secándose las lágrimas con una mano–. Primero mi padre se marchó, luego mi prometido y ahora tú estás intentando tenderme una trampa.

–Eso no es cierto, Josie.

–Ni siquiera el trabajo puede salvarme esta vez –siguió ella, angustiada–. Yo era feliz aquí mientras había un tiempo limitado para mi estancia porque eso significaba que no debía preocuparme del futuro. No hay un futuro para nosotros, Dario. Pero ahora tú has alargado mi estancia en el castillo...

—Pero eso es bueno, ¿no?

Sorbiendo por la nariz, Josie puso las manos sobre su torso para mirarlo a los ojos. Era hora de ser absolutamente sincera.

—No, no lo es.

—¿Por qué?

—¿Es que no lo entiendes? Se supone que esto era solo una aventura temporal y que luego yo volvería a Inglaterra... me he acostado contigo porque nuestra relación tenía una fecha de caducidad y me convencí a mí misma de que podía lidiar con eso. Pero ahora tú has cambiado las reglas y... ¿cómo crees que me siento?

—Francamente, no lo sé —respondió Dario, desconcertado.

Josie apretó los dientes.

—Es un desastre para mí. Tú encontrarás a otra mujer, como hizo Andy. La única diferencia es que esta vez yo sabré qué va a pasar. Será como esperar que estalle una bomba.

—Josie, no...

—Me dejarás tarde o temprano y yo haré lo que hice cuando Andy me dejó: alejarme de todo el mundo, esconderme.

—¿Cómo puedes decir eso? No puedes alejarte de la gente, todo el mundo te quiere.

—No, no es verdad. Tú no me quieres y no me querrás nunca.

Dario se daba cuenta de que estaba haciendo un esfuerzo para no llorar.

–Pero piensa en todo lo bueno que te espera cuando vuelvas a Inglaterra –le dijo, intentando esconder su angustia.

Le había parecido una idea brillante, pero estaba claro que Josie no pensaba lo mismo.

Su habitual precaución lo había desertado y, como consecuencia, Josie estaba sufriendo. Y, aunque querría consolarla, no sabía cómo.

Olvidando sus propios sentimientos, intentó salvar la situación de alguna manera.

–Si tienes más tiempo para trabajar en tu excavación, podrías encontrar todos esos objetos romanos con los que sueñas.

Ella negó con la cabeza.

–Si la facultad confiase en mí, me habrían dado el dinero que pedí. Y tú no tendrías que pedirlo a mis espaldas.

–No digas eso. Mi intención no era pedirlo a tus espaldas, sino darte una sorpresa. Solo hay una razón por la que no te dieron el dinero que pediste, Josie: que no lo tienen –insistió Dario–. Por eso se mostraron tan encantados con mi oferta.

–Ya, claro.

–Todos me han hablado muy bien de ti y sé que les habría encantado darte más fondos si los tuvieran. De hecho, antes de que llamase yo, les preocupaba que te fueras a otra facultad con más recursos. Me lo dijo el propio administrador.

–Te lo estás inventando –dijo Josie.

–No, es verdad. ¿Un playboy infiel como yo mentiría sobre algo tan serio?

Josie lo miró en silencio durante unos segundos.

–Podrías hacerlo para salvar la cara.

Dario hizo una mueca.

–Te respeto demasiado como para mentirte.

Los dos se quedaron callados un momento.

–Quiero creerte, pero... –Josie no terminó la frase.

–No quería disgustarte, te lo prometo. Lo único que quería era darte una sorpresa y pensé que te haría feliz. Eres amiga de mi hermana y...

Horrorizada, Josie volvió a echarse a llorar.

–¿Qué te pasa ahora? ¿Por qué lloras?

–¿Es que no lo sabes?

Dario negó con la cabeza y eso la hizo llorar más.

–Gracias a ti, tengo que volver a Inglaterra ahora mismo.

–Pero ¿por qué? No entiendo por qué no puedes quedarte.

–¡Porque te quiero! –exclamó ella–. Pero sé que yo no te importo y que me dejarás tarde o temprano. ¡Me romperás el corazón y no podré soportarlo! –Josie se apartó de su abrazo para salir del estudio como una tromba.

Dario se quedó atónito.

Evidentemente, se había equivocado de medio a medio, pero no sabía cómo arreglarlo. Tuvo que contener el desesperado impulso de ir tras ella porque no sabía qué decir o qué hacer. La horrible sospecha de que hiciera lo que hiciera solo empeoraría la situación lo mantuvo atrapado en su estudio.

Pensó entonces en el retrato de Josie, con su vestido verde. Seguía incompleto porque el trabajo había sido interrumpido tan a menudo por el deseo que sentían el uno por el otro...

Y ya no podría terminarlo, pensó, sintiendo una punzada de dolor al darse cuenta de que aquello era una catástrofe.

«La he perdido como perdí a Arietta».

Ese nombre fue como una flecha en su corazón, pero en cierto modo lo esperaba. Y no era dolor lo que sentía; al contrario, acababa de tener una revelación.

Una vez de vuelta en su habitación, Josie se vistió, hizo las maletas a toda prisa y dejó una nota pidiendo que embalaran su equipo y lo enviasen a Inglaterra.

Lo último que hizo fue sacar el precioso vestido verde de su percha. Josie lo miró durante largo rato antes de envolverlo en papel satinado y doblarlo cuidadosamente para su viaje de vuelta a casa. Curiosamente, dejar atónitos a todos sus colegas de la universidad durante el baile era lo último que la interesaba en ese momento.

Lo único que quería era alejarse de Dario lo antes lo posible.

Arietta nunca le hubiera hablado así, pensaba Dario, inquieto.

Josie y ella eran tan diferentes. Para empezar, ella nunca habría soportado que pensara en otra mujer.

Recordaba cómo se habían peleado la noche que murió...

Si la hubiese dejado marchar en lugar de ir tras ella, tal vez Arietta no habría pisado el acelerador esa noche de tormenta. Tal vez no habría muerto y entonces su vida hubiera sido muy diferente.

«Y no estaría aquí, intentado resistirme a la tentación de ir tras Josie para contarle la verdad», pensó amargamente.

Saber que estaban en el mismo edificio, pero separados por un abismo de incomprensión le resultaba insoportable.

Abandonando el trabajo porque no podía concentrarse, fue a su estudio y le dio la vuelta al retrato sin terminar, poniéndolo de cara a la pared.

Luego empezó a limpiar metódicamente sus pinceles y brochas. La única alternativa era arriesgarse a buscar a Josie y sabía que no habría ganadores en esa pelea.

Él era el décimo conde Di Sirena y los aristócratas no suplicaban. Sus ancestros se regían por la espada y no le temían a nadie.

Pensó entonces en la expresión desafiante de Josie y, de repente, se echó a reír.

Era valiente, eso desde luego. Menuda condesa podría haber sido.

Pero la sonrisa desapareció entonces de sus labios porque amar a otra mujer era algo de lo que Dario se había convencido a sí mismo podía prescindir. Dejar entrar a otra mujer en su vida significaría revivir la agonía que había sufrido con Arietta y no podía hacerlo.

Si lo hacía, algún día perdería también a Josie y no podría soportarlo.

–¡Como si vivir así fuera mejor! –gritó entonces, tomando lo primero que encontró a mano para lanzarlo contra la pared.

Era una caja de lápices, que golpeó la pared enviando lápices y trozos de madera en todas direcciones. La explosión hizo que Dario recuperase el sentido común.

¿Qué estaba haciendo?

Sorprendido consigo mismo, se acercó a la pared para recuperar los lápices y, al hacerlo, pasó por la ventana, mirando el paisaje que conocía tan bien.

Durante cientos de años, sus antepasados habían luchado y muerto por aquellas hectáreas de terreno. Si hubieran tenido miedo, los Di Sirena no serían una familia tan antigua; habrían desaparecido mucho tiempo atrás y él no estaría disfrutando de esa mezcla de responsabilidad y despreocupación que era su vida. Esos guerreros habían vivido al máximo y al demonio con el mañana...

Josie era tan valiente como cualquiera de ellos y, negándose a arriesgar su corazón por segunda vez, Dario sabía que la había perdido.

Despedirse de Josie fue un disgusto para Antonia, pero su amiga era demasiado discreta como para hacer preguntas. Toni había estado unos días en la finca de una amiga y, aunque debía de saber que había algo entre Dario y ella, jamás había hecho el menor comentario.

Su viaje de regreso a Inglaterra fue organizado desde la oficina del castillo con gran eficacia: desde el papeleo al coche que la llevaría al hangar del avión privado con el que contaba la familia Di Sirena, donde estaba esperando en ese momento.

Cuando todo estuvo organizado, la ira y la desesperación que la habían obligado a marcharse de allí a toda prisa había desaparecido, dejando en su lugar una sensación de tristeza. Josie había temido que eso ocurriera y la pesadilla se había hecho realidad.

¿Por qué había sido tan tonta como para caer bajo el hechizo de Dario?

Porque esperaba que la historia no se repitiera, pensó amargamente. El mismo error que había cometido con Andy. El mismo que cometían tantas otras mujeres.

Y Dario ni siquiera se había molestado en despedirse de ella.

Angustiada, sacó un pañuelo del bolso para enjugar sus lágrimas, incapaz de creer que el hombre que la había hecho sentir como una mujer por primera vez en su vida pudiese hacerle tanto daño.

Intentando olvidarse de él, se dedicó a hurgar en su bolso para comprobar que no había olvidado nada en el castillo. Después, contó los billetes que llevaba en la cartera, comprobó su agenda... pasaron unos minutos, pero el piloto que debía llevarla de vuelta a Londres no aparecía.

Cuando escuchó un murmullo de voces levantó la cabeza, alegrándose de la distracción. Varios hombres hablaban entre ellos de manera agitada a un lado del hangar y Josie prestó atención para saber qué ocurría...

Solo pudo entender unas cuantas palabras, pero fueron más que suficientes para asustarla.

Aparentemente, Dario estaba a pun...

Debía de haber dado órdenes para que... despegase y Josie nunca se había sentido m... o más sola.

En el peor momento posible, escuchó el pitido de un mensaje de entrada en su móvil y, dejando escapar un suspiro, lo leyó.

Era de Dario y las dos sencillas palabras tuvieron el mismo efecto que un golpe en la cabeza. Totalmente absorta en el desconcertante mensaje, se levantó, aunque no sabía por qué o para qué.

El hangar desapareció de repente y se sintió envuelta en una burbuja de silencio. Miró alrededor y luego volvió a mirar el móvil, como si por algún milagro las palabras se hubieran convertido en algo comprensible. Pero no. Seguían sin tener sentido para ella.

Dos palabras, después de las miles de ellas que había intercambiado con Dario.

Debía de ser un error. Tenía que serlo.

¿Qué otra cosa podía pensar? ¿Que Dario era tan cruel?

Entonces escuchó un sonido fuera, algo parecido a un trueno, pero Josie sabía que un trueno no reverberaba en el suelo y podía sentirlo bajo los pies.

Un segundo después, Dario apareció montado sobre Ferrari, galopando a tal velocidad que pensó que iba a estrellarse contra la pared del hangar. Pero de alguna forma logró pararlo, deteniéndose frente a ella.

–Bueno, Josie, ¿cuál es tu respuesta?

Ella lo miró, atónita. Estaba pálido, sin aliento, y concentrado absolutamente en ella.

–No.

Dario saltó del caballo y golpeó sus flancos con la mano para enviarlo de vuelta al establo.

–¿Cómo que no?

–Exactamente lo que he dicho. ¿Qué intentas hacer? –exclamó ella–. Destrozas mi vida y, de repente, me envías un mensaje como si no hubiera pasado nada... ¿a qué estás jugando?

–Cásate conmigo.

Había sido una sorpresa leer esas dos palabras en el mensaje, pero era aún más sorprendente escucharlo de sus propios labios.

Josie lo miró y se dio cuenta de que era un hombre desesperado. Su expresión era oscura, turbulenta. Con el cabello despeinado y los ojos brillantes, parecía a punto de hacer una locura. Notó entonces el olor de su aftershave, que conocía tan bien...

Más tarde se daría cuenta de que también era el olor de la adrenalina, pero en ese momento solo podía concentrarse en encontrar alguna forma de soportar los siguientes minutos, sus últimos minutos con Dario di Sirena.

Respiró agitadamente, intentando controlar su nerviosismo, pero descubrió que las cosas habían llegado demasiado lejos.

–Eso no tenía sentido en el mensaje y no lo tiene ahora, Dario. Decirlo en voz alta no lo hace más sensato.

–Es lo que quieres, ¿no? Debe de ser lo que quieres –dijo él.

Como a lo lejos, en alguna parte, le llegó ruido de voces. Los empleados del hangar estaban observando la escena, pero por primera vez en su vida, a Josie le daba igual quién la viera o lo que pensara. Lo único que le interesaba era Dario, a quien miraba sin saber si reír o llorar.

–Parece como si estuvieras intentando convencerte a sí mismo.

–No, yo estoy convencido porque en el fondo de mi corazón sé que me quieres y yo te quiero a ti...

Josie se tapó la cara con las manos.

–No, tú deseas mi cuerpo, nada más. Y sí, también yo deseo el tuyo, pero el matrimonio es un compromiso de por vida, Dario. No creo que tú puedas entender lo que eso significa.

–Te equivocas, Josie. Yo sé muy bien lo que significa el matrimonio –replicó él, entre dientes–. Me pasé años viendo cómo mis padres se peleaban a todas horas. ¿Crees que me he negado a casarme solo por lo que le pasó a Arietta? No tienes idea. A veces, habría pagado una fortuna por escapar de la cadena perpetua que era el matrimonio de mis padres. No podían divorciarse porque mi padre no quería ser el primero de la familia que lo hiciera y a mi madre le gustaba demasiado el dinero y la posición en la sociedad que le daba el título de condesa Di Sirena.

Josie se quedó sorprendida.

–Entonces, ¿por qué crees que proponerme matrimonio es la solución a nuestro problema?

–No lo creo –dijo él. Era una respuesta torpe y Dario masculló una palabrota–. No quería decir eso. Lo que quiero decir es que sé que solo proponiéndote matrimonio podré retenerte a mi lado.

–Sigue.

–¿Qué quieres decir?

–Tiene que haber algo más –dijo Josie–. Me has dicho que el matrimonio de tus padres te hizo renegar de ese compromiso, de modo que proponerme matrimonio debe de ser para ti como meter la cabeza en la horca. No necesitas un heredero, ya tienes a Fabio. No creo que hayas decidido de repente que necesitas un hijo legítimo. Y tienes muchas mujeres a tu alrededor, de modo que debe de ser otra cosa.

Sus ojos se encontraron entonces y los de Dario eran tan oscuros como un cielo de tormenta.

–Una vez le dije a una mujer que la amaba y ella me dejó.

–Arietta no te dejó, Dario. Perdió la vida en un accidente.

Era un comentario cruel, pero Josie había decidido dejar de ser amable en lo que se refería a las relaciones de Dario con otras mujeres.

–Sí, es cierto –asintió él, mirándola con angustia–. Y yo la maté.

–¿Qué dices?

–Yo la envié a ese terraplén como si hubiera conducido el coche personalmente. Fui tras ella, Josie...

–Pero eso no ha impedido que vinieras tras de mí.

Dario asintió con la cabeza.

–Era un riesgo, pero he tenido que hacerlo. No podía soportar la idea de que subieras a ese avión y te alejases de mí. Todo lo demás no importa.

Josie vio que pasaba una mano por su cara, como intentando borrar los malos recuerdos. Sabía por lo que debía de estar pasando, pero esperó en silencio porque no podía hacer nada.

–Cuando apareciste en mi vida, me recordaste lo feliz que había sido mi infancia aquí y lo desolado que me sentí tras la muerte de Arietta –siguió él unos segundos después–. Pensé que no podría soportar esa agonía otra vez y cuando nació Fabio lo convertí en mi heredero. No podía imaginarme a mí mismo dejando que otra mujer entrase en mi vida. Hasta hace unas semanas, sencillamente esa no era una opción para mí. Como tú, había aprendido que era menos doloroso alejarse de los demás o vivir sin poner el corazón en lo que hacía. Por eso, cuando saliste tan furiosa de mi oficina pensé que podía dejarte ir. Pero no es así... no puedo hacerlo, Josie. No puedo vivir sin ti.

Enfrentada a esa confesión, los sentimientos heridos de Josie no significaban mucho. Olvidando su resolución, buena o mala, alargó una mano para ponerla en su brazo. Cuando Dario no protestó, dio un paso adelante y apoyó la cabeza sobre su pecho.

–¿Eso significa que lo entiendes?

–Tal vez –asintió ella, notando que respiraba profundamente, como si al fin pudiera llevar oxígeno a sus pulmones.

Josie cerró los ojos. Estaba a punto de llorar y no quería perder el valor.

–Te quiero, Dario, más de lo que puedas imaginar, pero no funcionará. Yo no puedo competir con Arietta. ¿Es que no te das cuenta? Yo soy humana y tengo todo tipo de defectos, pero ella es un ángel, tu ángel.

–Eso no tiene nada que ver con lo que siento por ti –replicó él–. El dolor de perder a Arietta nunca desaparecerá del todo, pero ya no siento lo mismo que antes. Mi padre tenía razón cuando me preguntó qué sabía yo del amor. Mi respuesta fue: todo, pero la verdad es que sé menos que nada. Entonces sabía menos que nada.

—No podías haber aprendido mucho sobre el amor viviendo con un matrimonio que se peleaba continuamente —dijo Josie, casi para sí misma.

—No, es cierto.

—Y por eso quiero que reconsideres tu proposición con mucho cuidado —siguió ella, intentando hacer que recuperase el sentido común—. Me has dicho que el dolor de perder a Arietta hizo que no quisieras volver a arriesgar tu corazón, pero enamorarse nunca es fácil y a veces uno tiene que arriesgarse. Yo he pasado por eso y también me ha dado miedo.

—Ya no lo tengo, Josie.

Ella sacudió la cabeza.

—Necesito saber que me lo darás todo. No quiero solo una parte de ti, un poco de ti, lo necesito todo.

—Te lo estoy ofreciendo todo.

—¿Cómo puedo estar segura de que será para siempre y no solo hasta que te apartes por miedo?

Dario tardó algún tiempo en responder:

—Un Di Sirena no se asusta nunca.

Josie levantó la barbilla para mirarlo a los ojos, desafiante.

—Entonces, demuéstramelo.

—No tengo miedo —repitió él, levantando la voz y atrayendo la atención de los empleados del hangar—. Ya he hecho todo lo que podía para demostrarte cuánto te necesito y solo queda una cosa por decir: Josie Street, te amo. Te quiero con todo mi corazón, con

–Lo sé y lo siento –se disculpó Josie.

–No era una crítica, al contrario. Era un halago.

Ella parpadeó, intentando contener las lágrimas.

–¿De verdad?

–Tenías razón sobre mí –dijo Dario–. He pasado demasiado tiempo solo. Has tenido que aparecer tú para demostrarme que la vida es algo más que absurdos placeres temporales. Sin ti, no soy nada más que un caparazón vacío –añadió, apretando su mano–. Te quiero, Josie. ¿Quieres casarte conmigo?

–¿No sabes ya la respuesta a esa pregunta? –exclamó ella, echándole los brazos al cuello.

–Nunca me acostumbraré a esto –estaba diciendo Josie unos días después, mientras observaban a unos obreros colocar un andamio en la avenida de tilos.

Iban a poner luces en sus ramas para la gran fiesta que Dario había organizado con objeto de anunciar oficialmente su compromiso. Los invitados que acudieran al castillo tendrían lo mejor de dos mundos: durante el día, su llegada sería recibida por la serenata de abejas y orioles. Cuando se marchasen por la noche, su camino estaría iluminado por un millón de luces y estrellas.

–Seguro que tarde o temprano te acostumbrarás –dijo Dario, tomándola por la cintura para buscar sus labios. Aquella mañana llevaba el pelo suelto, exactamente como a él le gustaba.

Le gustaban tantas cosas de ella; su carácter, su personalidad, su belleza, su fragancia, limpia dulce.

–Y en caso de que necesites un poco de ayuda, he preparado algo especial para ti –le dijo.

–¿Más sorpresas?

–Tu madre vendrá a la fiesta.

Josie lo miró con los ojos como platos.

–¿En serio?

–Por supuesto.

–Pero eso es maravilloso. ¿Cómo lo has conseguido? Es imposible convencerla para que suba a un avión.

Dario apretó su mano.

–Lo he preparado todo, desde el pasaporte al avión privado que la traerá aquí. Lo único que ella tiene que hacer es la maleta.

–Has pensado en todo –dijo Josie–. Y lo has hecho por mí –añadió, con una nota de incredulidad en su voz.

–Por supuesto. Si te hace feliz, *cara*, nada es imposible. Movería cielos y tierra por ti –musitó Dario, antes de besarla hasta que ninguno de los dos pudo seguir pensando.

Conocía bien a su jefe y por eso estaba decidida a blindar su corazón

Las insinuaciones de las cazafortunas eran un riesgo laboral para la leyenda de las carreras de motos, convertido en magnate, Lorenzo D'Angeli. Y por eso había tenido que ampliar las funciones de su secretaria personal para incluir eventos nocturnos.

Faith Black había aceptado todos los desafíos de su jefe, pero ser vista colgada de su brazo implicaba ser fotografiada, exponerse a las miradas, llevar trajes de gala, y abandonar la seguridad de sus sobrios trajes grises.

Famoso por su sangre fría, Renzo perdió toda compostura al ver a su, aparentemente, mojigata secretaria vestida de una forma tan insinuante.

Pasados borrascosos

Lynn Raye Harris

Acepte 2 de nuestras mejores novelas de amor GRATIS

¡Y reciba un regalo sorpresa!

Oferta especial de tiempo limitado

Rellene el cupón y envíelo a
Harlequin Reader Service®
3010 Walden Ave.
P.O. Box 1867
Buffalo, N.Y. 14240-1867

¡Sí! Por favor, envíenme 2 novelas de amor de Harlequin (1 Bianca® y 1 Deseo®) gratis, más el regalo sorpresa. Luego remítanme 4 novelas nuevas todos los meses, las cuales recibiré mucho antes de que aparezcan en librerías, y factúrenme al bajo precio de $3,24 cada una, más $0,25 por envío e impuesto de ventas, si corresponde*. Este es el precio total, y es un ahorro de casi el 20% sobre el precio de portada. !Una oferta excelente! Entiendo que el hecho de aceptar estos libros y el regalo no me obliga en forma alguna a la compra de libros adicionales. Y también que puedo devolver cualquier envío y cancelar en cualquier momento. Aún si decido no comprar ningún otro libro de Harlequin, los 2 libros gratis y el regalo sorpresa son míos para siempre.

416 LBN DU7N

Nombre y apellido	(Por favor, letra de molde)
Dirección	Apartamento No.
Ciudad	Estado	Zona postal

Esta oferta se limita a un pedido por hogar y no está disponible para los subscriptores actuales de Deseo® y Bianca®.
*Los términos y precios quedan sujetos a cambios sin aviso previo.
Impuestos de ventas aplican en N.Y.

SPN-03 ©2003 Harlequin Enterprises Limited

El secreto de Alex

MAUREEN CHILD

Para el experto en seguridad Garrett King, rescatar a una dama en apuros era una rutina diaria, aunque se tratase de una princesa sexy y deseable a la que pensaba tener muy cerca. Garrett sabía que la princesa Alexis había escapado de su palacio en busca de independencia y amor verdadero… un amor que creía haber encontrado con él. Pero Garrett no era un caballero andante, sino un experto en seguridad contratado en secreto por el padre de Alexis para protegerla durante su aventura.

Era un solterón empedernido que no creía en los finales felices… pero un beso de la princesa podría cambiarlo todo.

Él no era un héroe de novela

¡YA EN TU PUNTO DE VENTA!

Bianca

Había soñado con el día de su boda desde que era una niña

Cuando Callie Woodville conoció a su jefe, el apuesto Eduardo Cruz, pensó que había encontrado al hombre perfecto. Pero, cuando la echó de su lado después de pasar su primera noche juntos, fue consciente de su grave error.

Nunca habría podido llegar a imaginar cómo iba a cambiar su vida en unos meses. Sosteniendo un feo y marchito ramo de flores, se vio esperando al hombre con el que iba a casarse, su mejor amigo, alguien a quien nunca había besado y del que nunca iba a enamorarse.

Eduardo, por su parte, decidió tomar cartas en el asunto en cuanto descubrió que Callie ocultaba algo.

Amarse, respetarse y... traicionarse

Jennie Lucas